精益六西格玛大师系列

推行精益六西格玛成功的企业都是一样的，而推行不成功的企业各有各的不成功原因。
本书帮你找到推行精益六西格玛的短板，并给出有针对性的改善建议。

精益六西格玛推行的开山之作

九步通向成功

Jiubu TongxiangChenggong

企业推进精益六西格玛的木桶原理

张驰咨询机构／组编
张　驰／主编
张永嘉　赵国祥　何小勇／参编

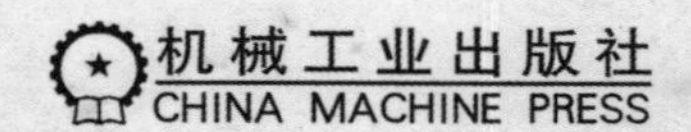

随着企业间竞争的加剧，管理创新被越来越多的企业当成迅速提升企业竞争力和经营绩效的战略举措，我国企业在迅速成长的过程中，也开始关注精益六西格玛管理。

凡是推行精益六西格玛并获得成功的企业，在需求识别、定位与规划、推行方式、推进组织、管理与文化诊断、推进流程、项目和人员选择、过程管理、持续推进和拓展成果九个方面都做得特别到位。它们就犹如一只水桶的九块壁板，任意一块木板短缺都不行。读者可以以此为借鉴，对精益六西格玛推进过程进行诊断，及时发现短板在哪里并采取补救措施，最终获得成功。本书对于企业家和管理工作者深刻领悟精益六西格玛的理念和方法，推行精益六西格玛具有实操性的指导意义。

图书在版编目（CIP）数据

九步通向成功：企业推进精益六西格玛的木桶原理 / 张驰主编.
—北京：机械工业出版社：2008.6
（精益六西格玛大师系列）
ISBN 978-7-111-24375-5

Ⅰ. 九…　Ⅱ. 张…　Ⅲ. 企业管理：质量管理　Ⅳ. F273.2

中国版本图书馆 CIP 数据核字（2008）第 090038 号

机械工业出版社（北京市百万庄大街 22 号 邮政编码 100037）
策划编辑：曹雅君　责任编辑：蔡家伦　封面设计：任燕飞
责任校对：侯　灵　责任印制：杨　曦

三河市宏达印刷有限公司印刷

2008 年 7 月第 1 版第 1 次印刷
170mm × 242mm · 11.75 印张 · 142 千字
标准书号：ISBN 978-7-111-24375-5
定价：32.00 元

凡购本书，如有缺页、倒页、脱页，由本社发行部调换
销售服务热线电话：（010）68326294
购书热线电话：（010）88379639 88379641 88379643
编辑热线电话：（010）88379706

推荐序

精益六西格玛是由美国摩托罗拉公司的六西格玛管理与日本丰田公司的精益生产有机整合的当代最先进的管理模式，其精髓是追求六西格玛的质量和精益的速度。精益六西格玛自产生以来，迅速为许多追求卓越的企业所青睐，我国的企业也不例外。

随着企业间竞争的加剧，管理创新被越来越多的企业当成迅速提升企业竞争力和经营绩效的战略举措，我国企业在迅速成长的过程中，也开始关注精益六西格玛管理。然而，反观推行精益六西格玛的企业，有的获得巨大成功，有的遭遇沉重失败，反差如此之大，原因何在？该书作者张驰及其团队凭借多年从事六西格玛、精益六西格玛管理咨询诊断的实践经验和敏锐、活跃的思维能力，经过深入系统的分析，发现凡是推行精益六西格玛并获得成功的企业都在如下九个方面做得十分到位。这九个方面是：需求识别、定位与规划、推行方式、推进组织、管理与文化诊断、推进流程、项目和人员选择、过程管理、持续推进和拓展成果。它们就犹如一只水桶的九块壁板，任意一块木板短缺都不行。特别难能可贵的是该书的行文展开形式清新活泼，娓娓道来，让人有身临其境之感，在不知不觉间掌握精益六西格玛推行的实际操作技巧。

研读本书，企业可以以此为借鉴，对精益六西格玛推进过程进行诊断，及时发现短板在哪里并采取补救措施，最终获得成功。

希望我国的企业家和管理工作者深刻领悟精益六西格玛的理念和方法，按照该书所述的九大步骤，遵循实践——认识——再实践——再认识的客观规律，脚踏实地地推行精益六西格玛，不断总结经验教训，争取成功并取得卓越的绩效。

韩之俊

全国六西格玛推委会专家委员

南京理工大学经济管理学院教授，博士生导师

2008 年于南京理工大学

前言

“幸福的家庭都是一样的，不幸的家庭各有各的不幸。”这是俄国著名作家列夫·托尔斯泰在《安娜卡列尼娜》中的名句。如果把家庭幸福比做一桶清水，幸福的家庭构成木桶的每块板是平衡的，而不幸福的家庭却总是存在这样那样的短板和缺憾。反观精益六西格玛进入中国近十年的历程，不由得对托老的话拍案叫绝。

思绪飞回到十二年前，当时我在一家港资企业任品质经理，当客户——通用电气公司的海外采购经理 Chris Beaufait 将分为上下卷的两本英文原版书《The Vision of Six Sigma》介绍给公司高层，并说“六西格玛帮助通用电气取得了很大的成功，建议你们也学习并推行”时，我对六西格玛产生了极大的兴趣。我那时每天除了处理工作之外，所有时间都花在读这两本书上。随着书由厚变“薄”，“六西格玛定是主宰企业未来经营管理的大趋势”这个认识在我心中变得越来越厚实起来。同时我也有了一个决定，六西格玛是值得我投入毕生精力学习和研究的东西。

后来事态的发展证明我当时的判断是绝对正确的。尽管当时企业管理界正流行 TQM、ISO9000……这些管理理念、方法大行其道，但与“忽如一夜春风来，千树万树梨花开”不同，六西格玛在中国的出场有点羞羞答答，却十分顽强。先是我在 2001 年出了本《6sigma 品质管理》；接着 CAQ 开始筹备全国六西格玛推进委员会；到 2003 年的时候，被尊为“全球第一 CEO”的通用电气前 CEO 杰克·韦尔奇的《杰克·韦尔奇自传》在市面上出现了，一时领管理风气之先，风头无人能出其右。央视对话栏目组适时地对中国成功企业家做了一次调查，在“你目前正在看的书”一栏，80% 的受访者填的是《杰克·韦尔奇自传》。杰克·韦尔奇远隔重洋，给中国的企业家上了一堂六西格玛的启蒙课。2003 年 12 月，CAQ 主办的第一届全国六西格玛大会在上海召开，几位国外六西格玛先行者发表了演讲，对六西格玛起到了推波助澜的作用。我在这一年和上海的朱兰先后出版了六西格玛黑带丛书，把六西格玛黑带完整的知识体系呈现给了国内管理界。2004 年，CAQ 组织了声势浩大的“六西格玛中国行”活动，把六西格玛的火种传播到了全国近十个省市。2005 年 11 月，国内开始了首届六西格玛黑带资格认证，标志着六西格玛正式在中国企业落户。

史上从未有一种管理方法能如此深刻地改变一个企业的命运和未来，从六西格玛进入中国开始，就吸引了一批有战略眼光的企业家，经过近十年的发展，已经由最初的概念推广，逐渐演变成越来越多企业的实质性应用。就我的团队专门从事六西格玛咨询的近七年的历程来看，六西格玛经历了从著名跨国公司在中国的分支构→沿海先进管理合资企业→具前瞻眼光的国企 / 民企→各类型企业这样的发展历程。我们的客户有几十万人的大型企业集团，也有一百多人的小公司，涉及 IT、电子、电器、航天、钢铁、烟草、机械加工等行业；也有航空、保险、通信、银行、地产、建筑、医院、学校等服务性行业；企业性质有外资、合资、国有、民营等多种。我在四川给一个客户做精益六西格玛培训时，当地一个派出所的民警也来旁听，说是听说精益六西格玛能提高破案率。相比十年前，六西格玛的发展势头令人十分欣慰。

后来有人将发端于日本丰田汽车、风靡全球的丰田生产方式（美国人将其命名为精益生产）与六西格玛进行了整合，发展出精益六西格玛理论。精益六西格玛综合了当今世界两大最优秀管理实践的优点：精益的速度和六西格玛的质量，从而成为了最新的也更为实用的管理哲学。因此，精益六西格玛管理自产生起，迅速被越来越多追求卓越的企业所青睐。从推行的角度看，精益六西格玛的推行、六西格玛的推行、精益生产的推行，其路径是基本相同的。本书针对推行精益六西格玛的路径展开，但对六西格玛和精益生产也是完全适用的，所以为方便起见，书中统一叫精益六西格玛。

势头是起来了，那么精益六西格玛在中国企业的推行效果如何呢？是否给每个推行者都带来“最大限度的客户满意/忠诚度提升并最大限度地降低企业营运成本”了呢？我们通过咨询实践和大量调查，结果并非如此。导入精益六西格玛的企业，初衷都是一样的，结果却有些两极分化。成功推行的企业，取得了巨大的收益——包括财务上的和团队、文化、执行力这些超越财务的收益。也有相当一部分企业花巨资导入精益六西格玛，却落个“满兴而来，败兴而归”的结局。这种巨大反差背后的原因究竟是什么呢？

在多年以前，我认准六西格玛能给企业管理水平带来革命性的提升，但在中国企业的实际推行过程中，为什么会存在这么大的差异？这个问题如何才能比较圆满地解决呢？在长期的精益六西格玛咨询实践中，我从未放弃过对这些问题的思考。在寻找答案的漫长过程中，我们对大量推行精益六西格玛却收效不同的公司进行了系统的对比分析。随着分析的深入，我们发现一个现象：凡是推行精益六西格玛并取得预期绩效的企业都有其共同点，那就是在对精益六西格玛需求的提出，精益六西格玛的定位和规划，选择推行方式和合作伙伴，建立推进组织，管理和企业文化诊断，建立推进流程，项目和人员选择，推进过程管理，持续推进、扩展成果这九个方面有惊人的相似。而推行结果不理想甚至失败的企业，在以上九个方面却至少有一个方面没有做到位。我想起了列夫·托尔斯泰那句关于家庭的经典名句，是否可以这样说："推行精益六西格玛取得成功的企业都是一样的，而推行不成功的企业则各有各的不成功。"一个念头在我脑海渐渐明晰起来。企业推行精益六西格玛，是想取得经营绩效的突破性提升。如果把精益六西格玛推行带来的业绩当做水，那么刚才提到的九大方面不就是构成盛水木桶的九块板吗？推行精益六西格玛成功的企业，九块板的长短是平衡的；而推行受挫的企业，至少有一块板是短的。而无论其他板有多长，木桶中的水容量是由最短的那块板所决定的。著名的木桶理论正好适用于描述企业精益六西格玛的推行。如果将我们推行这么多年精益六西格玛的经验与在不同企业遇到的现象总结成书，把它奉献给那些已在精益六西格玛的路上苦苦跋涉的和即将涉入精益六西格玛的中国企业，岂不是一件有意义的事。有关精益六西格玛方面的理论书籍可以用汗牛充栋来形容了。但企业现在最缺的是什么？是六西格玛的知识和工具吗？不是，这类东西已是随处可见。那是什么？中国质量协会前副秘书长周宏宁的话告诉了我们答案，"六西格玛管理的推行，百分之三十是技术，百分之七十是管理！"那么怎么个"管理"法呢。通过本书你将找到所有的答案。

真心期望靠各界共同努力，消除中国企业推行精益六西格玛过程中的每块短板，一步一个脚印地坚定地走向成功。

张　驰

2008 年 5 月于深圳南山

目录

步骤3 选择推行方式与合作伙伴／41

步骤4 建立精益六西格玛推进组织/57

步骤5 管理体系诊断与企业文化诊断/71

步骤6 建立精益六西格玛推行程序规范/85

步骤7 精益六西格玛项目及人员选择/97

步骤8 精益六西格玛推进过程管理/111

第一部分 精益六西格玛推行过程管理的培训环节

第二部分
推行过程管理之项目运作环节

第三部分
精益六西格玛推行
过程管理之辅导、评审环节

步骤9 持续推行与溶入文化/159

步骤1

中国企业生存环境分析与企业家的选择

"夫未战而庙算胜者，得算多也。"

——◎ 孙子 ◎——

一 中国企业的生存环境思考

2007年是中国人值得自豪的一年。中国的经济总量在2006年就已仅次于美、日、德而成为第四大经济体。2007年上半年又增长11.5%，达10.68万亿元。与中国经济持续增长相对应的是中国的股市2006年、2007年一路高速上涨，牛气冲天。上证综合指数从2006年初的1000多点上涨到2007年10月的6000多点，两年上涨了6倍。我国的企业家们正在享受着经济持续高速发展带来的快乐，投资者也在享受虚拟经济带来的财富呈几何级数速度增长的盛宴。

但是，这场“盛宴”还能持续多久？张驰咨询在最近几年给国内企业提供精益六西格玛管理咨询服务的同时，也明显感觉到企业家和高层管理者们压力反而前所未有的增大，首先是客户对企业在品质、服务、价格和交付期方面的要求越来越高；其次面临上游供应商原材料提价的压力；还有来自企业员工提高福利待遇的实际要求；来自投资者利润最大化的要求；还有来自社会责任的要求。面对严峻的现实，企业家在苦苦寻求能使企业长期持续发展的科学管理方法和工具。因此，新的管理思想、管理理论和方法层出不穷。精益生产和六西格玛以及二者集成的精益六西格玛，正是这种大背景下的产物，也是经越来越多企业实践证明能帮助实施企业取得巨大财务成功和文化变革成功的最有效的管理方法。我们的企业为什么需要精益六西格玛？首先来看看如今的企业面临的竞争环境。

（一）国际竞争环境

1．全球将可能受美国经济衰退的影响

受美国“次级房贷”的影响，全球金融市场大幅震荡。从2007年10月23日金融街网站获悉：美国联邦储备委员会（美联储）前主席格林斯潘(Alan Greenspan)表示，所有资产类别的风险程度均异常高，因此近期金融市场的动荡几乎是不可避免的。

他的预测如果成为现实，全球经济将产生巨大波动，因为美国目前经济总量同日本与欧共体之和差不多，美国一旦出现金融危机，没有哪个国家能幸免。他的担心也得到了联合国的佐证。据《第一财济日报》报道，联合国贸易发展会议在重庆发布的《2007年贸易和发展报告》预测，2007年世界经济将连续第五年保持增长势头，总产出估计增长3.4%，中印将成为增长最快的国家。

当全球经济出现不乐观的时候，企业的竞争更是惨烈。唯有那些真正具有技术和品牌优势、真正具有质量、成本和服务优势的企业才能立于不败之地。

2．新的贸易保护主义不利于我国企业

除了美国可能出现的金融危机和经济衰退外，发达国家新的历史时期的贸易保护主义对中国企业提出了更高的要求。传统的反倾销、反补贴、保障措施保护手段仍被频繁应用。同时，技术壁垒、绿色壁垒、知识产权保护、劳工标准等贸易壁垒花样翻新，应用范围更加广泛。发达国家利用自身在环保和科技方面的优势，制定更高的环保、技术、商品和劳工标准，以削弱发展中国家凭借低廉的劳动力成本而获得的出口竞争力。由于这些新型贸易保护手段具有良好的定向

性、隐蔽性和灵活性，其中一些技术和环保方面的要求以提升技术水平、维护消费者利益为出发点，甚至可以视为中性的贸易标准，加之WTO对这些贸易措施应用的限制并不统一，因而，其保护效果更为突出，进一步加剧了世界范围内的贸易摩擦。

据世界贸易组织统计，从1995年到2007年上半年，各成员国通报影响贸易的新规则总量为23897件，其中技术性贸易措施16974件，占总量的71%。

3．欧美等国加压中国人民币加速升值

人民币升值削弱了我国出口企业的竞争力。从2005年7月21日我国实现汇率改革以来，人民币对美元升值了10%左右，相当于出口企业的产品市场价格提高了10%。要想提高市场竞争价格竞争力，出口企业只有降价10%才能维持原来的市场价。这样相当于出口企业利润下降了10%。

（二）国内竞争环境

改革开放近三十年来，我国经济持续保持快速发展，现在是重点关注经济发展质量的时候。因此，党和政府提出科学发展观，在“十一五”规划中提出：发展必须是科学发展，要坚持以人为本，转变发展观念、创新发展模式、提高发展质量，落实“五个统筹”，把经济社会发展切实转入全面协调可持续发展的轨道。

按照科学的发展观，企业家和高层领导们必须面对下列的宏观措施：

（1）经济过热带来的银行利率上调，企业融资成本增大。

（2）国家对“双高”（高能耗和高污染）企业严格控制，提高准入门槛并且取消相关产品的出口退税。

（3）国家鼓励科技创新和管理创新的企业，对劳动力密集型加工企业进行限制，多次取消相关产品的出口退税。

（4）构建和谐社会的需要，国家持续提高各地最低工资水平。

（三）来自顾客和企业内部的压力

企业家们不但要面对国际国内的竞争压力，更要面对来自顾客的压力，还有来自公司股东、员工和社会的压力。

全世界所有的顾客无一例外地都期望更好的质量、更优惠的价格、更快的交期与更优秀的服务。股东们则期望投资收益最大化，如果是公开上市公司则希望股价能持续上升或每年有更多的分红。公司员工则要求收入越多越好，还要求学习的机会，提升个人能力的机会。如果公司大了，则要承担更多的社会责任，以推动社会进步。

科技的发展带来人类文明巨大的进步，也带来人类自身生存环境的恶化，同时对人类健康造成威胁。企业家们稍有不慎，便可能给社会和环境，也给自己带来灾难性后果。

二 企业家的选择

面对如此复杂多变和异常激烈的全球竞争环境，中国企业该作何选择呢？或者说如何才能更好地发展？企业家们可能首先会想到通过外延型发展，即通过收购兼并和投资，横向发展，扩大规模。如海尔集团曾采用“激活休克鱼”法，通过收购兼并或参股控股的方法迅速扩大规模。或者纵向发展，向产业链上下游扩展。如最近几年，随着铁矿石和能源持续涨价，大型钢铁集团往往通过参股矿石和煤炭企业或者同上游企业建立战略合作伙伴关系。

多元化战略也是许多企业家喜欢的战略。企业家们期望借助多元化来降低风险。通用电气的多元化战略非常成功，当前涉入的领域都能做到世界数一数二的地位。相对于通用电气的成功，许多企业因为多元化而惨败。笔者认为，专心于最擅长的领域比四面出击更容易成功。图 1-1 说明了企业家的选择路径。

最近几年，我国经济增长主要靠投资拉动和出口，外延型发展很快。内涵型的增长是靠加强企业管理，挖掘企业的内部潜力来发展的。本书讨论的问题主要是内涵型发展。

内涵型发展实际上是加强内部管理，苦练内功。基础管理可从建立 ISO9000 体系做起，通过体系建立完善内部运作流程。但是，在实施 ISO9000 时，部分企业流于形式，往往把本是质量管理最基本要求

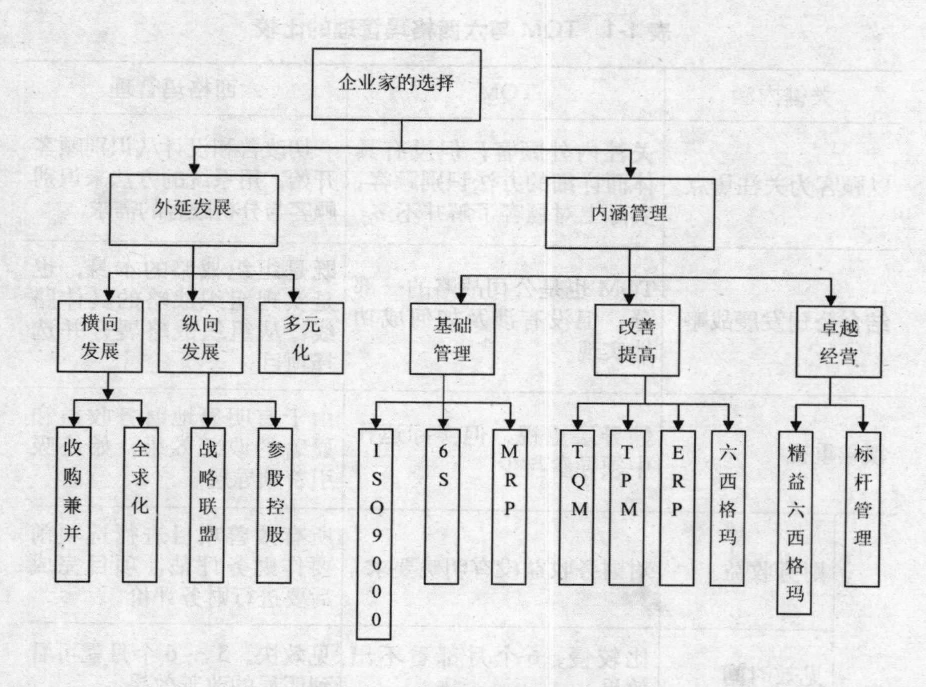

图 1-1　企业家的选择路径

的 ISO 体系当作企业宣传的工具。于是，我们在高速公路边，在产品使用说明书上，到处看到“本企业通过 ISO9001:2000”认证。同时，也可借助“6S”完善现场管理和基础管理。

改善提高管理有 TQM(全面质量管理)、TPM(全面生产维护)、ERP(资源需求系统)、流程重组和六西格玛管理等。全面质量管理本来是不错的选择，六西格玛也可以说是在全面质量管理基础上发展而来的。但是，六西格玛管理无论是从外延还是内涵来看，都远远超过全面质量管理。它既是一种质量标准，又是一种持续改善业务的方法，还是一种追求卓越的文化。表 1-1 是对 TQM 和六西格玛的对比分析，读者可更清楚地了解推行 TQM 和六西格玛的差异性。

表 1-1　TQM 与六西格玛管理的比较

关键内涵		TQM	六西格玛管理
以顾客为关注焦点		关注内外顾客，但没有具体而详细的方法识别顾客；实际上对顾客了解并不多	一切改善和设计从识别顾客开始，用系统的方法来识别顾客与分析顾客的需求
结合公司发展战略		TQM 也是公司战略的一部分，但没有涉及如何成功地实现	既是组织战略的本身，也是实现组织战略的具体路线；从组织战略展开并选择项目
领导重视		领导层重视，但实际运作中领导参与少	由于有明显地财务收益和显著的改善效果，始终吸引着领导层
实施后的效益	财务收益	对财务收益没有明确要求	所有改善项目进行选项前要作财务评估，项目完成后要进行财务评价
	见效时间	比较慢，6 个月都看不出效果	见效快。3 ～ 6 个月就可看到明显的改善效果
	人才的培养	空洞的说教多，实际解决问题能力提高不多	行动学习法，一边学习工具和方法，一边做项目。6 个月之内，系统地掌握了六西格玛方法论，而且能灵活地运用于业务流程。项目也同时完成
	顾客的满意度提升	顾客满意度提高不多。因为顾客感受到质量变化慢	非常显著地提高顾客满意度，产品质量、服务质量提高非常快
	营运质量改善	公司营运质量改善很慢，而且执行力难提升	快速而突破性地提高公司营运质量，非常强的执行力
解决问题模式		PDCA（计划 - 实施 - 检讨 - 改善），只是提供大体思路，没有细致的路径	DMAIC(定义 - 测量 - 分析 - 改善 - 控制)，解决问题思路非常清晰，按流程一步一步实现

（续）

解决问题方法	统计方法、QC七大手法等	吸取了工程管理、质量管理和生产管理所有优秀的工具和方法
关注过程	关注过程质量，但更多的是如何控制好过程，让其稳定	对过程详细地分析，消除流程中所有浪费。对过程进行突破性优化
事实和数据决策	强调以事实和数据决策，但难以成功	通过项目运作，不自觉地形成依事实和数据作决策。因为离开了数据，项目不能完成
对公司文化影响	有影响，靠说教缓慢地改变，且不深刻	大变革，影响深远。在实施项目中自然形成

从表1-1不难看出，推行六西格玛管理比推行TQM具有优势，这也是目前越来越多的企业更多地推行六西格玛管理的原因之一。

更高一级水平管理是卓越绩效管理，可借助标杆管理和推行精益六西格玛方法来实现。所谓标杆法，就是找出同行中做得最高的水平，即“标杆”，以它作为改善目标甚至超越它。当然，最终主要还是靠精益六西格玛方法来实现。

所以，无论是改善提高还是追求卓越，精益六西格玛都是企业家的最佳选择。让我们先了解一下精益六西格玛究竟是什么。我们将分别介绍什么是精益生产，什么是六西格玛，什么是精益六西格玛。

1．什么是精益生产

精益生产是美国麻省理工学院“国际汽车项目”研究小组针对日本丰田汽车生产方式进行研究而提出的。1992年，Daniel.T.Johnes等50多位专家花了5年时间对17个国家90多家汽车企业进行研究，最后发现丰田生产方式是制造业的又一次革命，并将改变世界。针对本次的研究成果，他们将其命名为《改变世界的机器》（The Machine That Changed the World）并对美国的企业提出“精简”和“消肿”的建议。二年后，他们又出了本叫《精益思想》的书。

精益生产的精髓是“精益思想”，其目的是期望通过较少的投入——较少的人力、较少的设备、较少的时间、较少的资源，获得较大的产出。詹姆斯·沃麦克（James Womack）和丹尼尔·琼斯（Daniel Jones）在他们的著作《精益思维》中把“精益制造”定义为包含五个步骤的流程：定义顾客的价值（customer value）、定义价值流程（value stream）、建立无间断的操作流程（flow）、拉式（Pulling）生产制度、努力追求卓越。

美国另一位研究精益生产的专家杰弗里·莱克把精益生产模式总结为如下 14 项原则。

[第一类] 长期理念

原则 1：管理决策以长期理念为基础，即使因此牺牲短期财务目标也在所不惜。

- 企业应该有一个优先于任何短期决策的目的理念，使整个企业的运作与发展能配合着朝向这个比赚钱更重要的共同目的。了解公司的历史地位，设法使公司迈向下一个阶段。企业理念的使命是所有其他原则的基石。
- 起始点应该是为顾客、社会、经济创造价值。评估公司每个部门实现此目的的能力。
- 要有责任。努力决定自己的命运，依靠自己，相信自己的能力。对自己的行为、保持与提高创造价值的技能等负起责任。

[第二类] 正确的流程方能产生优异成果

原则2：建立无间断的操作流程以使问题浮现。

- 重新设计工作流程，使其变成创造高附加价值的无间断流程。尽力把所有工作计划中闲置或等候他人工作的时间减少到零。
- 建立快速输送材料与信息的流程，使流程与人员紧密地联结在一起，以便立即浮现问题。
- 使整个企业文化重视流程，这是促成真正持续改进流程及员工发展的关键。

原则3：实施拉式生产制度以避免生产过剩。

- 在你生产流程下游的顾客需求的时候，供应给他们正确数量的正确东西。材料的补充应该由消费量决定，这是准时生产的基本原则。
- 使在制品及仓库存货减至最少，每项产品只维持少量存货，根据顾客实际领取的数量，经常补充存货。
- 按顾客的需求每天变化，而不是依靠计算机的时间表与系统来追踪浪费的存货。

原则4：使工作负荷水准稳定（生产均衡化），工作应该像龟兔赛跑中的乌龟一样。

- 杜绝浪费只是实现精益所必须做的工作的1/3。避免员工与设备的工作负荷过重，以及避免生产安排的不均匀，也同等重要。多数试图实行精益原则的企业并不了解这点。
- 尽量使制造与服务流程的工作负荷平均化，以取代大多数公司实行的批量生产方法中经常启动、停止、停止、启动的做法。

原则5：建立立即暂停以解决问题、从一开始就重视品质管理的文化。

- 为顾客提供的品质决定着你的定价。

- 使用所有确保品质的现代方法。
- 使生产设备具有发现问题及一发现问题就停止生产的能力。设置一种“视觉”系统以警示团队或告诉领导者某部机器或某个流程需要协助。“自动化”是“内建”品质（built-quality）的基础。
- 在企业中设立支持快速解决问题的制度和对策。
- 在企业文化中融入发生问题时立即暂停或减缓速度、就地改进质量以提升长期生产力的理念。

原则 6：工作的标准化是持续改进与授权员工的基础。

- 在工作场所中的所有地方都使用稳定、可重复的方法，以维持流程的可预测性、规律的运作时间，有规律的产出，这是“一个流”与拉式制度的基础。
- 到一定时间时，应该汲取对流程的累积学习心得，把现今的最佳实务标准化，让员工对于标准提出有创意的改进意见，把这些见解纳入新标准中。如此一来，当员工变动时，便可以把学习心得传递给接替此职务工作的员工。

原则 7：运用视觉管理使问题无处隐藏。

- 使用简单的视觉指示，以帮助员工立即确定他们是否处于标准状况下，抑或状况是否发生变异。
- 避免因使用计算机屏幕而致使员工的注意力从工作场所移开。
- 设计简单的视觉系统，并安装于执行工作的场所，以支持“一个流”与拉式制度。
- 尽可能把报告缩减为一页，即使是最重要的财务决策报告亦然。

原则 8：使用可靠的、已经过充分测试的技术以协助员工及生产流程。

- 技术应该是用来支持员工，而不是取代员工的。许多时候，最好的方法是让技术支持流程之前，先以人工方式证实流程切实可行。

- 新技术往往不可靠且暂难以标准化，因此会危害到流程。让检验过的流程正常运转的重要性要优于未经充分测试的新技术。
- 在企业流程、制造系统或产品中采用新技术之前，必须先经过实际测试。
- 与企业文化有冲突，或可能会损及稳定性、可靠性与可预测性的技术，必须予以修正或干脆舍弃。
- 在寻求新的工作方法时，必须鼓励员工考虑新技术。若一项适合的技术已经过充分测试，且能改进你的流程，就应该快速实施。

[第三类] 发展员工与事业伙伴，为组织创造价值

原则9：把彻底了解且拥护公司理念的员工培养成为领导者，使他们能教导其他员工。

- 宁愿从企业内部栽培领导者，也不要从企业外聘用。
- 不要把领导者的职责视为只是完成工作和具备良好的人际关系技巧。领导者必须是公司理念与做事方法的模范。
- 一位优秀的领导者必须对日常工作有事无巨细的了解，方能成为公司理念的最佳教导者。

原则10：培养与发展信奉公司理念的杰出人才与团队。

- 创造坚实稳固的文化，使公司的价值观与信念普及并延续多年。
- 训练杰出的个人与团队以实现公司理念，获得杰出成果。非常努力地持续强化公司文化。
- 运用跨部门团队以提高品质与生产效率，解决困难的技术性问题，以改进流程。所谓授权系指员工使用公司的工具以改善公司运营。

● 持续努力教导员工如何以团队合作方式实现共同目标。团队合作是务必学习的东西。

原则 11：重视事业伙伴与供货商网络，激励并助其改进。

● 重视你的事业伙伴与供货商，把它们视为你事业的延伸。

● 激励你的外部事业伙伴，要求它们成长与发展。这种态度显示出你重视它们。对它们制定具挑战性的目标，并帮助它们实现这些目标。

［第四类］ 持续解决根本问题是企业不断学习的驱动力

原则 12：亲临现场查看以彻底了解情况（现地现物)。

● 解决问题与改进流程必须追溯源头、表现观察，然后验证所得数据，而不是根据他人所言及计算机屏幕所显示的东西来理论化。

● 根据亲自证实的资料来思考与叙述。

● 即使是高层经理与主管，也应该亲自查看情况，才不会对实际情况只有肤浅的表面了解。

原则 13：不急于作决策，以共识为基础，彻底考虑所有可能的选择，并快速执行决策。

● 在还没有周全考虑所有其他选择之前，不要武断地选定一个方向而一路走下去。经过周全考虑而选定途径后，就要快速而谨慎地采取行动。

● 同所有相关者、受到影响者共同讨论问题及可能的解决方法，收集他们的意见，并对解决途径取得一致共识。这种共识过程虽花时间，但有助于全面寻求解决方案，一旦作出决定后，便应该快速执行。

原则 14：通过不断省思与持续改进以变成学习型组织。

- 在建立了稳定的流程后，运用不断改进的工具以找出导致缺乏效率的根本原因，并采取有效的对策。
- 设计几乎不需要存货的流程，这将使所有人明显看出时间与资源的浪费。一旦浪费出现，要求员工改进流程、去除浪费。
- 制定人事稳定、缓慢升迁及非常谨慎的接班人制度，以保证企业的知识库。
- 使用“反省”作为重要的里程碑，在完成某计划后，诚实地找出此计划的所有缺点，然后再制定避免相同错误再发生的对策。
- 把最佳实务标准化，以促进学习，而不是在每个新计划及每位新经理人上台后，又重新发明新方法。

精益生产究竟给丰田带来怎样的业绩？下面把全球四大汽车公司——美国通用汽车、福特汽车、戴姆勒·克莱斯和丰田汽车从2002～2006年的收入和利润进行对比分析，如表1-2所示。表1-3、表1-4是四大汽车公司的总利润和增长率的比较分析。

表1-2 2002～2006年世界四大汽车公司收入和利润对比分析

（单位：百万美元）

公司	类别	2002年	2003年	2004年	2005年	2006年	总量	平均值
丰田汽车	收入	131754	153111	172616	185805	204746	848032	169606.4
	利润	7753	10288	10898	12120	14056	55115	11023
通用汽车	收入	186763	195532	193517	192604	207349	975765	195153
	利润	1736	3822	2805	-10567	-1978	-4182	-836.4
戴姆勒•克莱斯	收入	141421	156602	176687	186106	190191	851007	170201.4
	利润	4461	507	3067	3506	4049	15590	3118
福特汽车	收入	163871	164505	172233	177210	160126	837945	167589
	利润	-980	495	3487	2024	-12613	-7587	-1517.4

数据来源：各公司公开的年度报表并经笔者整理。

（1）获利能力分析。如表 1-3 所示，近五年其他三大汽车公司总利润。只有戴姆勒·克莱斯赢利 155.9 亿美元，通用汽车和福特汽车共亏损近 116 亿美元，而丰田汽车五年共赢利 551 亿美元。

表 1-3 四大汽车公司五年总利润（2002 ~ 2006 年）

（单位：百万美元）

五年总利润（2002 ~ 2006 年）	
丰田汽车	55115
通用汽车	-4182
戴姆勒·克莱斯	15590
福特汽车	-7587

（2）成长分析。如表 1-4 所示，2006 年与 2002 年相比的收入增长情况。福特是负增长，而丰田增长 55%，戴姆勒·克莱斯增长 34%，通用只增长 11%。

表 1-4 四大汽车 2006 年比 2002 年增长率

丰田汽车	55.40%
戴姆勒·克莱斯	34.50%
通用汽车	11.02%
福特汽车	-2.29%

上述对比分析足以证明丰田生产方式（精益生产方式）的威力！

2．什么是六西格玛

六西格玛是 20 世纪 80 年代中期摩托罗拉公司为了同日本企业竞争而提出的质量改善方法。摩托罗拉公司推出六西格玛管理法后取得了巨大成功，但后来六西格玛真正得到全面发展是在通用电气公司。通用电气公司时任 CEO 杰克·韦尔奇将六西格玛定位于公司的基因并疯狂地推行六西格玛。因此，通用电气推行六西格玛管理取得了前所未有的成功。在 2000 年股东年会上，杰克·韦尔奇说道："今天，六西格玛在通用电气中发挥的作用更大。它严格的过程纪律以及对客户的重视使其成为最佳培训项目，并成为通用电气未来领导集团的一个可以利用的完美工具。我们最优秀、最聪明的员工已经被分配去负责六西格玛工作，我相信当董事会在二十年后挑选下一位首席执行官时，被挑选中的那位先生或女士一定会是血液里流淌着六西格玛精神的人。六西格玛已成为我们公司领导集团的语言，成为通用电气品牌的一个重要组成部分。"

六西格玛给通用电气带来怎样的业绩？我们还是用年度报告数据说明，如表 1-5 所示。

表 1-5 1994 年到 2006 年连续 13 年通用电气收入和利润变化表

（单位：亿美元）

年份	1994	1995	1996	1997	1998	1999	2000	2001	2002	2003	2004	2005	2006
总收入	601	700	791	908	1004	1116	1299	1259	1322	1341	1524	1500	1683
总利润	47	65	72	82	92.9	107	127	139	142	150	166	183	208
利润率	7.8%	9.3%	9.1%	9.0%	9.3%	9.6%	9.8%	11.0%	10.7%	11.2%	10.9%	12.2%	12.4%

通用电气每年总收入和总利润的变化如图 1-2、图 1-3 所示。

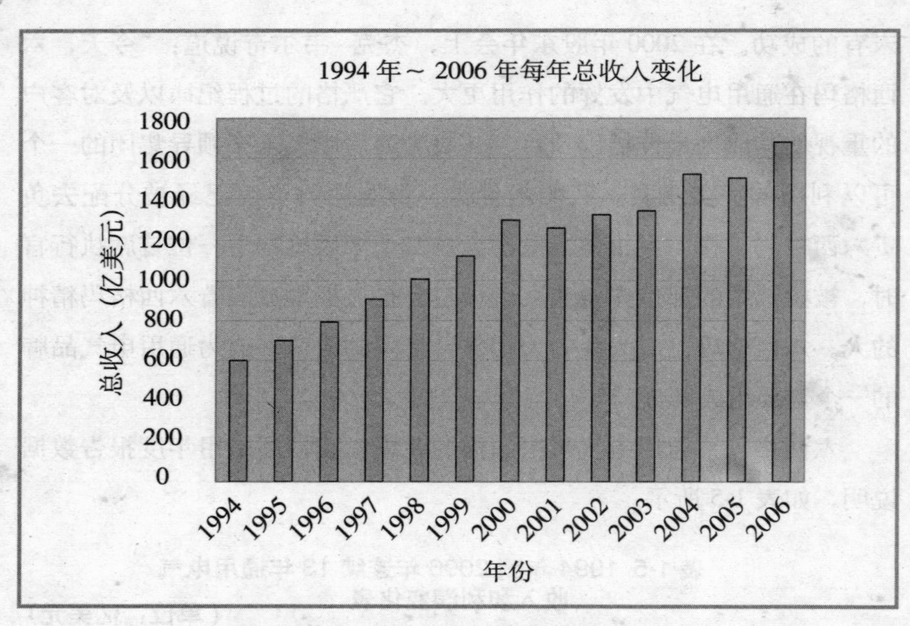

图 1-2　总收入变化图

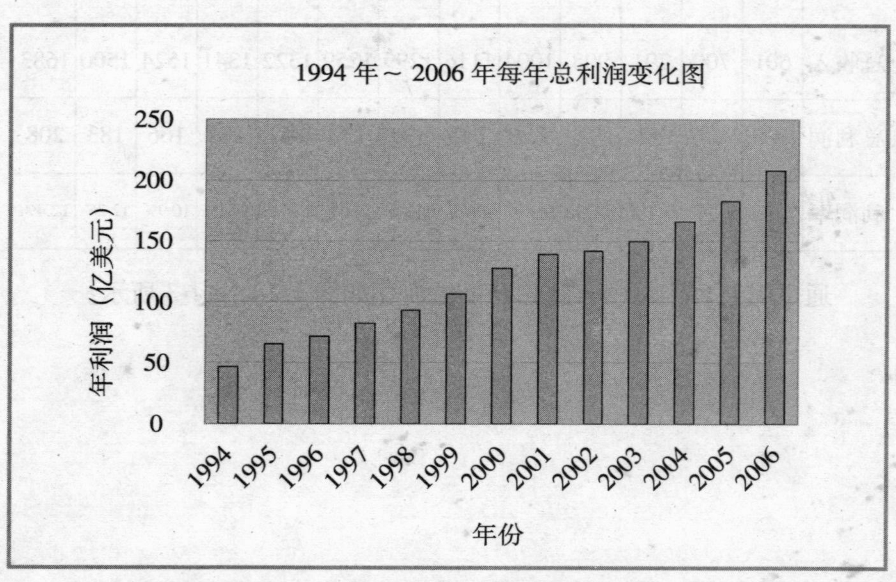

图 1-3　1994 年到 2006 年每年利润变化

2006年总收入是1994年的2.8倍，但利润是1994年的4.5倍！可见，六西格玛对通用电气产生了多么大的影响！

3．精益六西格玛

精益六西格玛成功整合了精益生产和六西格玛这两种彼此独立又互为补充的管理思想。其核心是消除一切浪费、追求完美（做任何事情追求100万次只有三四次的失误）和持续改善业务的过程。它以项目策划和实施为主线、以数据和数理统计技术为基础、以科学的工作程序为模式、以满足顾客需求为导向、以零缺陷和零浪费为追求、通过降低劣质成本和创造价值、以实现组织战略目标和取得财务效益为宗旨的一种业务策略。

精益六西格玛管理是通过项目制来实现的。结合公司战略，顾客关注点、财务增长点、组织内部长期存在的问题而选择项目，应用精益六西格玛工具和方法解决问题。它主要的解决问题的模式是：定义(D）—测量(M)—分析（A）—改进（I）—控制（C)。

精益六西格玛解决问题的工具和方法集成了100多年来工程管理、质量管理和生产管理的最优秀的方法论。如当人们无法对问题作全面认识而可能发生意想不到的后果或失误时，可运用FMEA(潜在的失效模式及影响分析)来预防所有可能发生的错误。当影响一个问题的因素很多、而我们不知哪些因素是主要的、这些因素在什么样的水平时，为使结果达到最优化，可运用DOE(试验设计)来找出最主要的因素和最优化结果。再如借助流程价值分析方法对流程进行分析，可消除流程中所有的浪费动作和过程。

精益六西格玛不只是给人们提供科学而实用的工具和方法，最重要的是向人们提供一套系统的思考哲学和理念。这些理念主要有以下几点：

（1）追求卓越、追求完美，持续改善，永不停步。

（2）始终关注内外顾客的需求，满足并超越其需求。

(3) 关注过程重于结果，强调过程控制和完美的执行力。

(4) 消除一切浪费，实现财务收益最大化。

(5) 数据驱动管理，依事实和数据作决策。

(6) 强调团队合作精神。

这些理念通过精益六西格玛项目的实施会逐步形成和强化。

经过近十年的研究和实际应用，我们成功整合了精益生产与六西格玛两种互为补充的优秀管理实践，并逐步探索出一条适合中国企业管理特点的推行方式。从精益生产和六西格玛完美整合而成的精益六西格玛，对企业将产生更大的作用。企业如能按照该策略进行精益六西格玛的推行和实施，就一定能从精益六西格玛的推行中获取更大成功！表 1-6、表 1-7、表 1-8 是企业案例的统计表。

表 1-6 某外资企业 2002 年开始实施六西格玛连续四年的经营变化（案例 1）

	2003 年	2004 年	2005 年	2006 年	2003 ~ 2006 年年平均增长率
总收入（百万元）	12340	16523	21302	28423	32.08%
利润（百万元）	340	652	1233	1800	75.62%
利润率 %	2.76%	3.95%	5.79%	6.33%	33.10%

实施六西格玛后，此公司每年保持平均 32% 的增长速度，而利润却保持平均 75% 的增长速度，真是奇迹！

表 1-7 国内某高科技公司精益六西格玛和六西格玛设计项目实施绩效（案例 2）

年份	实施侧重点	完成项目数	经财务部核算后的财务收益	合格黑带、绿带数量	其他说明
2005年	精益六西格玛（一期）	8 个	389 万元	黑带：8 名 绿带 :25 名	彻底解决了一个长期技术攻关而未能解决的难题
2006年	精益六西格玛（二期）	19 个	670 万元	黑带：11 名 绿带 :30 名	精益六西格玛项目覆盖全公司各业务部门
2007年	六西格玛设计（三期）	12 个	预计超过800 万	黑带 :12 名 绿带 :30 名	三期将于 11 月底完成。研发工作进入全新模式和境界

表 1-8 10 个项目实际改善结果（案例 3）

项目名称	行业类别	改善前	改善后	变化比率	财务收益/万元
提高打蛋机总装产能	小家电	产能：1.11 台 / 人 . 小时附指标合格率：94%	产能：1.71 台 / 人 . 小时附指标合格率：98.2%	产能：提高 54% 合格率：提高 5%	54.2
提高利用系数	冶金	产能：6.14t/m^2.h 相关指标：转鼓强度≥ 90%	产能：6.90t/m^2.h 相关指标：转鼓强度≥ 90%	产能 : 提高 12.4% 相关指标：不变	543.92
提高封接合格率	航天	合格率：60%	合格率：90%	提高 50%	86．4
提高光油漆产品表处理合格率	汽车	一次表处合格率：不到 3%	一次表处合格率：60% 左右	提高 200%	162.5
降低学生流失率	学院	流 失 率：1.8%	流失率：1.0%	降低 44%	20

（续）

降低冰柜劣质成本	家电	198元/台	138元/台	降低31%	1250
提高机加工时定额准确率	机械加工	准确率：82%	准确率：98%	提高20%	34
降低财务费用	化工	财务费用占收入4.87%	财务费用占收入3.02%	降低32%	640
降低顾客投诉处理周期	移动通信	处理周期：一周	处理周期：24h	提高7倍	N/A
××型号电脑板优化设计	IT	不良率0.15%	不良率0.03%	降低了5倍	2500

推行精益六西格玛的定位及规划

“取乎其上，得乎其中；取乎其中，得乎其下；取乎其下，则无所得矣。”

——◎ 论语 ◎——

企业一旦确定需要实施精益六西格玛管理，紧接着要做的一件事就是确定精益六西格玛管理推行的定位以及规划。准确的定位决定了精益六西格玛的推行层次及深度，而系统细致的规划则为推进过程指明了路径、规模及流程。对精益六西格玛推进定位及规划的关卡，我们将从以下七个方面展开讨论。

一 确定精益六西格玛推行定位与规划的目的

精益六西格玛推行定位的目的：为精益六西格玛在企业的推行定“调”，即想通过推行精益六西格玛得到什么好处。定位高低直接决定企业对推进精益六西格玛关注度、投入和推行成果。

精益六西格玛推行规划的目的：为企业推行精益六西格玛确定明确的操作路径，即在多大范围内，多长时间内，要如何展开以及各阶段要取得的成果。

二 确定精益六西格玛推行定位与规划阶段企业面临的基本问题

在这个阶段，企业会面临以下可能的问题：

（1）推行精益六西格玛，企业有哪些可供选择的定位？

（2）正在推行的企业是如何定位的？

（3）不同的推行定位，带给推行企业的是何种成效及结果？

（4）我的企业如何定位，才是最优选择？

（5）推行精益六西格玛，企业有哪些可供选择的规划？

（6）正在推行的企业是如何规划的？

（7）不同的推行规划，带来的是什么结果？

（8）我的企业应如何规划？

……

以上问题如有答案，企业在确定精益六西格玛的推行定位及规划方面就不会是“摸着石头过河”，而是“有章可循，有法可依”。

三 确定精益六西格玛推行定位与规划的基本流程

在实际操作中，推行企业在做定位和规划时，展开方式如图 2-1 所示。

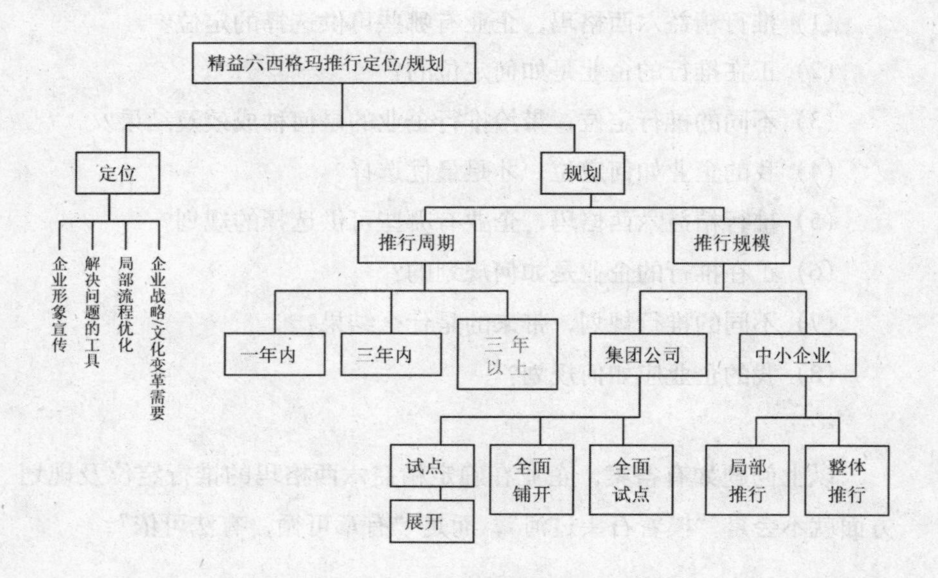

图 2-1 精益六西格玛推行定位、规划之路径

在推行定位方面，常见的选择有四种：

一是将推行精益六西格玛定位在“企业形象宣传”上。即给外界一个信号，本企业在推行目前业界最为先进的管理技术，本企业的管

理技术是一流的。

二是将推行精益六西格玛定位在“解决问题的工具”上。即公司拟通过借助精益六西格玛管理中包含的先进理念或工具针对性地解决企业目前面临的一些棘手问题。比如某个产品合格率偏低，想借助精益六西格玛的工具来寻求原因和解决问题。

三是想借助推行精益六西格玛管理来进行局部流程的优化。比如企业在物流、仓储、制造或供应链等环节上绩效较差，计划通过实施精益六西格玛管理对该流程进行突破性优化，提升品质和效率，降低成本和周期时间。

四是将精益六西格玛定位在变革企业文化和企业战略的高度，使企业文化向精益六西格玛所追求的“以客户为关注焦点”“用事实和数据说话”、“关注流程”“依靠团队解决问题”、“预防性寻找和解决问题”、“追求完善、容忍失误”方面转变。

在推行规划方面，推行企业要考虑的方面有两个：推行精益六西格玛的周期和规模。

推行周期上，可分为以下几种：

一是做一期 BB/GB（黑带、绿带）培训，做几个项目，或仅仅做一期“扫盲培训”，关注精益六西格玛的时长在一年以内，推行精益六西格玛的同时，关注其他的东西，随时可以改弦更张。

二是做中期规划，打算花二到三年时间，培养几个梯次的 BB/GB 人员，在企业内部做几期项目，取得相当可观的财务收益，取得阶段性成功后，精益六西格玛告一段落，再开始关注新的管理理念和方法。

三是做较长期的规划，时间为三年及以上。该规划明确了精益六西格玛在企业的推行进程，展开方式、资源需求、各阶段目标等里程碑，更重要的是将精益六西格玛的推行扩展至两个源头：新产品研发

和供应商 / 客户。

推行规模上，实际操作中，集团公司与中小企业的规划往往有所不同，集团公司常见的几种精益六西格玛推行规模方面的规划方式如下：

（1）先在某个或某几个分公司 / 企业试点，成功后在整个集团有层次、分阶段地展开。

（2）先在各分公司 / 企业培养 BB/GB 种子，由这些种子带首批项目，成功后整个集团有层次、分阶段展开。

（3）直接全面进行展开。

中小企业常见的规划有以下两种：

（1）在某个领域（如制造领域）或流程（如装配流程）或产品上试点，成功后推行至整个公司。

（2）直接在公司范围内展开推进。

以上是在推行精益六西格玛的定位及规划方面推进企业的展开流程。

四 中国企业在确定精益六西格玛推行定位与规划过程中的选择

就我们过往的咨询实践来看，企业决策层对如此重要（事关成败和收益）的精益六西格玛的推进定位和规划方面的决策所表现出的随意性令我们大感意外；而且推行企业对精益六西格玛的定位与其企业在业内的知名度、实力、规模并无明显的关联。

我曾与一家位列全球500强的电子企业的负责品质系统整体运营的副总裁就精益六西格玛在企业如何定位做过交流，该副总裁自称是田口玄一大师的弟子并出版过若干品质方面的专著，对六西格玛的造诣颇深。他说："我们企业一直在进行各种培训，六西格玛就是个工具包。我不需要你按什么"行动学习法"给我们的工程师灌输全套六西格玛理论；我们列出清单，缺什么工具你就给我们补什么就行了"。这番高论令我瞠目结舌，我告诉他，在我眼里，六西格玛没有发明什么全新的工具，它的最强之处在于"系统集成"。即通过一整套方法论把各种工具整合成一套解决问题的优秀系统方法；单个工具的应用效果是根本无法与之相齐并论的。无论如何，我没能说服他接受我的观点，结果按他们列出的清单，我们的咨询团队给他们上了DOE、FMEA、品质工程等方面的课程，就再无下文了。

也有不少企业牌子很响亮，在精益六西格玛很热的时候，很急切地请我去为他们的高层倡导者上有关精益六西格玛的课，第二天公司网站上就出现了"我公司成功导入精益六西格玛"的新闻，还配有大幅培训现场的照片，看来很熟知"图形和数据胜过千言万语"这条精益六西格玛中的名言。后来这家公司在精益六西格玛的推进方面再无下文，一问方知公司最近在全员备战，为接一家美国公司的订单做全方位准备，而精益六西格玛的培训只是其努力的一部分，并无想过要真做。

与以上这两类企业相比较，更多企业似乎更想"像模像样"地推行精益六西格玛。它们通过各种渠道打听到精益六西格玛的推行能给企业带来显著且可量化的收益及竞争优势，从企业目前存在的某些薄弱环节切入，试图借精益六西格玛的推行进行关键流程（如制造品质、生产效率等方面）的突破性优化。通过标准模式的精益六西格玛导入及推展，这类推行企业从推行中得到了实在的好处。据我们了解，包括 DELL 在内的大多数国内推行六西格玛、精益六西格玛的企业定位大都在这个层次上。

在推行精益六西格玛 / 六西格玛的企业中，只有少数企业是把精益六西格玛的推行定位在改变企业质量战略和质量文化上的。

中国有句俗话，叫“种瓜得瓜，种豆得豆”。企业对精益六西格玛的关注和定位有多高，精益六西格玛给你的回报就有多少，两者间是成正比的。这从我们的管理咨询实践中已经得到了证明。通用电气公司前 CEO 杰克 · 韦尔奇的那句“用六西格玛改造 GE DNA”的名言各管理者已耳熟能详。2004 年初，我应邀去东莞一家位列全球 500 强的著名韩资企业进行六西格玛方面指导工作，对该企业六西格玛的定位及投入印象深刻。我看了他们六西格玛的组织架构，该公司为六西格玛专门成立了工作小组，该小组隶属于品质经营部。过了半年，我再去该公司时，发现品质经营部的铭牌已变了，叫“六西格玛经营部”。我有点惊讶，问起该部门的负责人，回答是公司对六西格玛的定位非常高。公司高层想通过深入推展六西格玛管理来革新公司运营水平，所以将品质部门重新命名为“六西格玛经营部”。交流中，该韩国的 MBB 还告诉我，该公司在韩国本部，有 30 多位专职研究和在企业内推广六西格玛的 MBB。现在该企业分布在全球的子公司 BB 培训所用的教材，全是他们本部开发的。我终于明白，该企业在全球推行六西格玛成功的企业中为什么是标杆中的标杆了。

在推行精益六西格玛的规划上，企业一般会从推行的规模和时长上进行考虑。

企业的规模不同，推行精益六西格玛的规模相应会有变化，中小企业推行精益六西格玛的规模就我们目前的了解整体推进的较多，局部推进的占较少部分。整体推进的企业一般是管理基础好，在行业内地位较高，最重要是老板坚信精益六西格玛能给企业带来实在的好处，决心全面展开的企业。我们分别帮助一家韩资的约300人规模的小企业，一家在香港上市的1500人左右的港资企业，一家1000人左右的民营高科技企业，2000人左右的国有企业全面推行了精益六西格玛，推行效果都非常好。所有这几家企业都做了两期培训，其中两家企业在和我们合作进行第三期项目，另外两家在公司内部自行做项目。我和这几家企业的老板都交流过，他们的共同点很明显，相信精益六西格玛，对精益六西格玛的推进过程非常关注，而且是持续性关注，并且将精益六西格玛定位在质量战略或流程优化层面上。

我们也遇到了许多企业，请我们帮他们内训一两期BB/GB，这些BB/GB集中在某些领域（如研发、制造、品质、工程），通过培训尝试局部实施精益六西格玛项目。去年年初上海一家美资全球500强企业与我接洽，请我帮他们给在上海和大连分公司外包部门的经理人做一期为期10天的GB培训。他们从事财务外包业务，需要跟踪了解目前比较先进的管理方法。当时建议他们选择一些业务问题，带项目接受培训，一边培训一边做项目，即所谓“行动学习”。由于当时他们业务非常繁忙，没时间实施项目，在3个月的培训中，这些受过良好教育的经理人对精益六西格玛赞不绝口，答应学完后一定寻找项目，一试身手。我也答应全程给予辅导和技术支持，但后来跟进时发现再无下文，理由是忙不过来。还有一家很有名的烟草公司，也是类似的结果。

大的集团公司，在推行精益六西格玛的规划上，比中小企业要复杂得多。因为涉及多个分厂（分企业），精益六西格玛是全面展开，还是局部分步实施？分步实施，应该如何分步，选择哪些企业做试点，这些都是需要考虑解决的问题。那么企业是如何做这些选择的呢？

就我们掌握的资料，99%的集团公司会选择分步骤展开实施，目的当然是规避风险，只有极个别管理基础非常好，执行力很强，又有同步实施过某种管理方法经验的企业，才会尝试全面铺开。我们的一个客户，是个管辖十八家企业的国有大集团企业，身处内地，但企业领导有很开阔的国际化视野，有先见之明，很早就开始关注精益六西格玛。在2004年，该集团决定导入精益六西格玛管理，通过交流与前期企业诊断，我们建议该企业首先在管理基础好的一家分公司试点以降低风险，在试点成功后再扩大范围。结果精益六西格玛的推行当年在试点企业取得很好的成效。第二期项目就在集团公司的六家基础较好的子企业展开，同样收效良好。目前正实施三期项目，已在所有十八家子企业全面展开，进展良好。

我们的另一家客户是一家知名的民营企业集团，管辖六家企业，产品主要出口欧美，是应客户要求推行精益六西格玛的。当时该企业对精益六西格玛一窍不通，闻所未闻，客户要求该集团的正副老总参加在香港举办的BB培训，并必须各完成一个项目。该老总在香港的书店发现我写的BB系列丛书，回来马上与我联络。通过交流，一拍即合，在与该公司高层深入交流并做管理体系诊断后，该公司决定以全面试点的方式在集团内部展开精益六西格玛。所谓全面试点是在所有六家分公司各抽几名骨干（管理、技术方面）参加集团级的BB/GB培训，一边培训一边做项目。通过这种方式，在各分公司同步播下了精益六西格玛的火种，通过二期、三期持续培训和实施项目，使“星星之火，可以燎原。”如果说前述那家集团公司的精益六西格玛推进规划如象棋博弈那样步步为营的话，该民营企业集团所制定的推行规划就如围棋一样讲究布局。

在推行精益六西格玛的时间规划上，也会受企业规模、推行精益六西格玛的定位、推行规模的影响。优秀的企业往往非常重视规划，所谓“兵马未动，粮草先行”这是规划的必然结果。孙子有言：“多算胜、少算不胜，而况无算乎”。这里的算就是“规划、谋划”的意思。古代人出兵打仗前，先要去庙里求神拜佛问卜。抽签，如果抽上一支上上签，上书“你能得胜回朝”；如果抽上一支“下下签”，意指你可能吃败仗。早在几千年前，古人就已意识到要成事，必“多算”的道理。在推行精益六西格玛这样的重大管理方法论上，自然更需要“多算”。这种多算主要表现在两个方面：“算”的精与“算”的远。“精”主要表现在考虑周到，可操作性强。最理想状态下的“精”是执行该规划时不用做任何提问，直接执行下去而不会有障碍，不会节外生枝。“远”主要表现在眼光长远，规划周期长。日本松下公司将其事业计划做到 100 年以后，而索尼、三星这样的公司每年两次的事业计划发布会是将未来半年的规划做的细到“纤毫毕见”。推行精益六西格玛中企业中，管理基础、方式存在差异，但对推行精益六西格玛规划的细致度上，“多算胜”是不变的真理。借用托尔斯泰的话：“推行精益六西格玛成功的企业都是一样的，而推行精益六西格玛失败的企业，却各有各的失败。”如果把推行成功的要件比做木桶的壁板，成功推行的企业这些方面都俱备。如果出现任何一个短板，精益六西格玛的推行就可能面临失败。规划恰是构成该木桶的一块板。令人遗憾的是，在推行精益六西格玛的初期，80% 的推行企业恰恰欠缺精细规划这块板。

五 中国企业在确定精益六西格玛推行定位与规划过程中存在的偏差

每个推行精益六西格玛的企业都期望成功，但正态分布理论的魔咒似乎挥之不去，大多数企业推行精益六西格玛的成绩平平，只有少数企业真正领略到精益六西格玛带给自己的所有美妙，喜出望外，乐不可支。究其原因，还是短板做在祟。定位和规划方面推进精益六西格玛企业可能存在的“短板”有哪些呢？

先看推行精益六西格玛的定位方面。

在全国各地帮助企业做精益六西格玛项目培训/咨询过程中，我留意到一个有趣的现象。在高速公路两边一闪而过的厂房和大楼墙面上、高耸的广告牌上，工业区林立的大厦上，甚至各式各样的包装盒上，常会发现这样一句话：“本企业为ISO9001认证通过企业。”这成为一种宣示，也似乎是一种成就。本来作为提升企业管理标准化水平的ISO9000系列质量体系认证，被外化为一种对外炫耀的资本了。企业家的这种做法本无可厚非，但一夜之间“千树万树梨花开”地冒出千万个这样的牌子，就有点“大跃进”的嫌疑了。如果到挂这张牌子的企业去“望、闻、问、切”一番，会发现约一半的企业根本就是在糟蹋这块牌子，因为ISO9000的灵魂和核心没有任何体现，体现的仅仅是外壳。这是ISO9000系列质量体系的悲哀。企业是个大染缸，无论你倒进去什么，都会染成一样的色彩。最近的一个趋势是，一些服务类企业如房地产、旅游、酒店，甚至学校都开始将ISO9000作为招揽生意的一个有利砝码。

中国企业在接受新事物并为我所用方面的聪敏是鲜有人敌的。有的企业在可以利用的一切媒体上用显眼的标题在标榜“精益六西格玛”了。这本是好事，是动员宣示、宣传，甚至是文化的一部分。但如果深入企业，了解一下真实的推进现状，就会发现并非如宣传的那样。我去过一家有名的香港企业，在交流时得知该企业已于五年前实施过六西格玛。我问推进进展如何。负责人轻描淡写地说：“做了一期，效果不好，我们就在四年前放弃了；几年来陆续做了精益生产、TPM、SPC，现在准备做全面质量管理，开始要推QCC了”。我有点不敢相信自己的耳朵，“那你们怎样定位六西格玛呢？”我又问了一句。“不就是一个工具组嘛，里面的工具我们大都懂了，没有什么新东西，”他说，“像我们这样重视培训的企业，什么新工具、新东西没见过，六西格玛嘛，就那样。”我目瞪口呆。我说，那贵公司下一步准备导入什么新理论、新方法呢。他说：“多了，我们时刻关注管理领域最前沿的东西，有什么我们就请人来教什么。”我终于明白，六西格玛和所有新鲜的理论、方法一样，被这家企业定位为一种新的值得关注的工具而已。其中有需要的工具，就拿来一用；没有就“一笑而过”了。我还能说什么呢，苦笑，然后逃之夭夭。把推进精益六西格玛的目的定位在“宣传需要”上的企业其动机是可憎的，其定位决定了精益六西格玛不可能对该企业的经营与发展带来任何实在的好处。精益六西格玛在这样的企业注定是“昙花一现”。因为输入错了，输出不可能对。把精益六西格玛定位为一种工具的企业，看似聪明，其实犯了一个致命错误。什么错误呢？羊的脑袋、腿、尾巴长在羊身上时的作用和割下来分别摆在那里的作用能一样吗？所以把六西格玛看作是一个工具的组合，随意取用而忽略了其系统集成的本质特征，就犯了把羊的器官割裂开来的同样错误。

在企业推行精益六西格玛的具体规划上，推行规划方面最常见的实际问题不是规模过大，而是过小。推进精益六西格玛毕竟不是一件小事。多家客户的企业领导在和我谈起企业推行精益六西格玛的想法时，语气坚定地说："精益六西格玛是个好东西，这一点我绝对认可，否则也不会请你到我们公司来交流。但我知道企业全面实施需要投入大量资源和资金，企业的员工现在非常忙，我也怕贸然导入精益六西格玛会对目前已有的、大家已经习惯的管理产生冲击。所以拜托你帮我们培养6个BB，我们试着做一个项目，感受一下精益六西格玛的与众不同。成功后，成绩有目共睹，大家比较认可了再展开，你看如何。"我的观点是，精益六西格玛的推行要有规模效应，需要领导的导向、舆论的宣传、严密的组织，需要的是"明媒正娶"，而不是偷偷摸摸，小打小闹。这样的"星星之火"，由于没有足够的热力，很可能还没来得及成燎原之势，就被风吹灭。

在精益六西格玛推进时间规划上，现实是更多的推进精益六西格玛的企业（甚至非常有名的企业）在推进初期没有明确的正式的规划，即使这家企业可能在导入新产品或其他方面有细致周到的规划。这一点的确出乎很多人的意料。在我们的一个集团公司客户那里，我在与精益六西格玛推进负责副总裁交流时，谈到了该集团对精益六西格玛的推行规划，他说："我们对精益六西格玛知之甚少，如何推，往哪里推，多大规模，持续多久这些问题还未想好，可能要请教你们。由双方共同来定这个规划。"这可能是目前绝大多数初次"亲密接触"精益六西格玛的企业的共同心声。没有了解，该如何规划呢？不同的企业，面临这个问题时会作出截然不同的选择。大多数企业会如前所述干脆不做规划，等一期项目推行下来后根据情况再做决定；有小部分企业会根据自己的理解和想象造出一张规划图出来。我曾见过一张宏伟的规划图，宣称要在两年内全面达到六西格玛水平。当我询问他们如何达到时，他们会说全员努力，走一步算一步，目标定高点，“取乎其上，得乎其中”。

六 中国企业的特点、背景分析

计划导入精益六西格玛的企业，无论性质是国有、民营还是合资、合作企业，无一不是具有良好的管理基础、业绩，对新的管理技术无不充分关注与渴求，即要么是有进取精神的老牌企业，要么是业绩突飞猛进、想改善和提高管理水平以达到卓越经营的行业新锐。这些企业一般在导入精益六西格玛之前，已经导入过多种管理技术、工具和方法，具备较为丰富的导入新管理方式的经验，具备一定的接纳新事物的心理素质。由于一些企业“上行下效”的行为习惯和特点，在企业导入精益六西格玛的定位上，“一把手”的定位和导向显得极为重要。基于我们咨询过的上百家客户和对业界的了解，我们发现凡是高层领导真正重视、持续关注、定位高的企业，推行精益六西格玛的成果和过程都较为理想；相反，领导只是表面关心，而内心（请注意不是写在纸上）并未真正关注精益六西格玛，对精益六西格玛定位低的企业，没有一家从精益六西格玛的推进中持续获得好处。推行规划的制订与推行和负责领导的个人能力、企业与咨询专家的合作与沟通水平、对精益六西格玛的理解等有密切关系。现在的中国企业，再也不缺学富五车的管理学硕士、博士，或经过外企培养和锻炼的本土优秀管理人才。因此在规划制订的操作流程上，会因企业管理人员整体素质的提升和信息获取渠道的便捷而变得相对容易实现。

七 建议与忠告

◎ 永远不要只为宣传需要去做精益六西格玛，如果那样，你将什么也得不到，除了失落。

◎ 把精益六西格玛当作工具使用，最终你会发现精益六西格玛和别的工具并无不同。真相却不是那样，精益六西格玛比你想的要强大的多。

◎ 处在企业金字塔顶端的那个人对精益六西格玛的定位就是本企业对精益六西格玛的定位。如果他是对的，支持他；如果他错了，坚决反对他。这样做的好处是可以最终避免花冤枉钱。

◎ 如果你是部门经理或工程师，不要尝试自己偷偷摸摸一个人做精益六西格玛项目，然后期待受到企业英雄般的欢迎与待遇，你遇到的很可能是失败和冷枪，甚至解雇通知。

◎ 在推行精益六西格玛这件事上，再弊脚的规划都远胜于没有规划。因为这张规划给了大家一张路线图，哪怕它是错的，但总是迈出了第一步，有了这一步，以后的路就好走许多，并且图是可以改的。

◎ 在接受倡导培训并正式讨论前，千万不要急着制订精益六西格玛推进路线图（规划），因为它八成会误人子弟。

◎ 推行精益六西格玛的决策越早越好，但从现在开始，永远都不晚。

◎ 在全面展开还是局部推进精益六西格玛这个问题上，要防止贪多求大所带来的风险，但对中国企业而言，更主要的是防止对“星星之火，可以燎原”的误解所带来的小打小闹、裹足不前。

◎ 精益六西格玛就像一个人，你对他慷慨，他就会对你慷慨；你对他吝啬，他就会对你吝啬。

选择推行方式与合作伙伴

“选择比努力更重要。”

当企业确定实施精益六西格玛，并且确定精益六西格玛的企业定位及推行规划后，必须面临的事是确定推行方式。良好的开端是成功的一半，精益六西格玛的推行需要快速决策，尽快执行，高效的推行方式对企业精益六西格玛的成功实施关系重大。在精益六西格玛选择推行方式和合作伙伴时，可以从以下七方面展开。

一 选择推行方式与合作伙伴的目的

选择精益六西格玛推行方式的目的：为推行精益六西格玛确定适当的方式，即确定由谁、以何种方式展开精益六西格玛。

选择精益六西格玛合作伙伴的目的：在确定选择借外力推行精益六西格玛的推行方式后，选择和评价合适的精益六西格玛咨询服务商。合作伙伴的选择对实施企业能否成功推行十分重要。

二 选择推行方式与合作伙伴时面临的基本问题

本阶段，企业可能面临以下问题：

（1）有哪几种推行精益六西格玛的方式？

（2）以何种方式实施精益六西格玛成功率高，实施成本低？

（3）企业能否只凭借自身力量来推进精益六西格玛？

（4）如果自己推行，该如何展开呢？

（5）别的企业是如何确定推行方式的？

（6）各种推行方式的优劣如何？

（7）如果选择精益六西格玛咨询机构，该如何选择？

（8）别的企业是如何选择咨询机构的？得失如何？

……

三　选择推行方式与合作伙伴的基本流程

推行企业选择推行方式和合作伙伴的一般流程如图 3-1 所示。

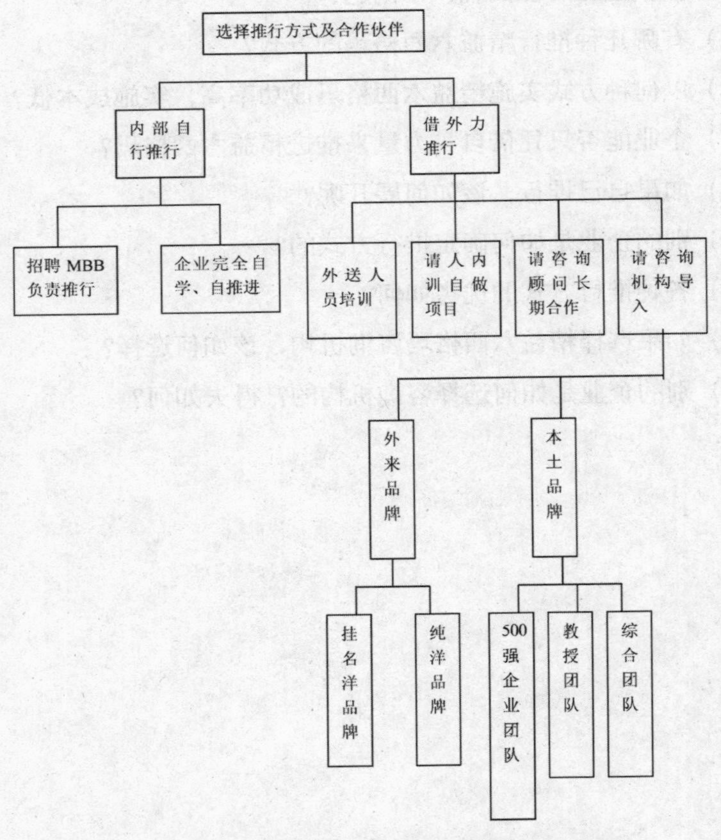

图 3-1　选择推行方式及合作伙伴

企业在实际选择精益六西格玛推行方式时的选择有两种：企业内部自行推行和借外力的推行。

企业内部自行推进的选择也有两种：一种是从市场招聘或通过猎头获得已推进精益六西格玛企业如通用电气、三星、LG、西门子等公司的MBB，由这些人负责组建推进小组，起草文件，进行规划和推行。另一种是企业买回精益六西格玛方面的书籍，自学或组织集中学习，边学习边研讨摸索、实践精益六西格玛。

借助外力推进精益六西格玛方面有较多选择：

一是分阶段选派企业精英人员参加BB/GB公开课培训班，然后由这些种子在企业里边做项目边充当培训师，将所学知识进行普及。

二是请咨询专家入厂进行内训，然后自己做项目。

三是与一位咨询师进行长期合作，以长期驻厂服务方式合作推进精益六西格玛。

四是请外部咨询机构进行全面精益六西格玛项目咨询服务。这一模式下又分完全外包模式即不以BB/GB培训为主，而以解决问题为主。委托咨询机构建立项目团队，咨询师任项目经理，被咨询企业可派人员参与项目组进行协助。咨询师重在亲自解决问题，必要时对项目组成员予以适当的培训。一种为经典合作模式，即以企业人员为主，按照典型的精益六西格玛项目咨询方案展开。咨询团队负责诊断、培训、项目辅导，企业推进组织与咨询机构联合实施项目、人员选择、项目评价、过程控制和管理。

在请外部咨询机构进行精益六西格玛项目咨询时，又面临选择洋品牌还是本土品牌的问题。洋品牌又分纯洋品牌和挂名洋品牌。纯洋品牌是指国外咨询机机构在中国的分公司或子公司；挂名洋品牌即借国外精益六西格玛咨询机构之名，交品牌使用费进行合作的本土咨询机构。本土品牌中，有由在企业里推行过精益六西格玛后来成立的经验型咨询团队；有由统计教授组成的精益六西格玛学术性咨询团队；有来源于 500 强企业的综合性咨询团队。

以上是精益六西格玛计划推进企业在推进方式和合作伙伴方面可能的选择。

四 中国企业在选择推行方式与合作伙伴过程中的选择

有人说世界上最聪明的人是企业家，最会算账的人也是企业家，这话说得一点没错。企业是为追逐利润而活的，对企业而言，少花出去一分钱，就意味着多赚了一分钱。企业要导入一种新的管理方法，免不了要投入，这笔投入会成为一笔投资还是会成为无谓的消费？一定要投入吗？不可以晚点投入吗？不可以少投入点吗？它会打水漂吗？有没有更重要的事需要这笔钱，领导在提笔签下大名之前，这是思考的问题。因为这些问题，很多领导会做出推迟推行精益六西格玛的决策，有的企业会寻求“低成本”又两全其美的解决方案——内部推行。

我曾应邀去粤东一家 5000 人规模的电子企业集团讲 QFD 课程。课间与其人力资源经理王先生聊起六西格玛的事，当问及该集团有无考虑过六西格玛推进的事时，王先生说：“有啊，在 2003 年的时候，我们从一家跨国公司挖了一位 MBB 过来，想在集团旗下一家基础好的企业试点推进六西格玛。”“那现在情况如何呢？”我问。“唉，别提了，来了三个月就走了，根本推行不下去。”“什么原因呢？”。“刚开始弄的动静挺大，又是六西格玛五年规划，又是建立组织什么的，标语挂的满天飞，热闹了三个月，就偃旗息鼓，说是推不下去了。对了，我还被拉入倡导委员会了呢。”王先生有些激动。“那人呢”我又问，“早走了”。类似这家公司的六西格玛推行遭遇，在广西一家有名的集团公司，湖南一家集团公司我都遇到了，企业不同，结局却都惊人的一致。

前年我正在山东一家公司做项目，突然接到深圳一家公司老总的电话，说他们公司是一家生产微电机的高科技港资公司，想推行六西格玛，约我去公司面谈，越快越好。赶往这家企业，有几个经理人目光炯炯、滔滔不绝地提出各式各样的问题。大约两个小时后，终于结束了问答。该老总立即差秘书把我叫到他办公室，等在那里的还有两位工程和品质部门的经理。老总说：“张老师，我们公司决定做六西格玛了，因为目前面临着几款产品质量方面的压力，必须要突破。我们打算自己推行，我已让人买了你的20套书，中层每人一套，组织每周三集中学习，三个月已过去了，打算送这两位公司骨干去你们公司学习绿带课程，回来后由他们带队做项目。你带他们，我非常放心。”他拍了拍我的肩，我说：“这样推行可能存在多方面的风险，首先，自学结果可能会因理解不到位而走偏，再者，六西格玛推行需要建立组织，周密策划，还有选项、选人等”。“我们已经定了，先这样做吧。”老总打断我的话坚决地说。过了两个月，我打电话过去，该老总说：“别提了，六西格玛没有帮我们解决品质问题，倒弄得员工意见很大，看来六西格玛没有人们吹的那么神，我们决定放弃了，正在考虑用别的办法解决问题。”我无言以对。

有家全国性的粮食深加工制品公司，在同行业中排在国内第一，全球前三位。员工素质很高，老板是军人出身，执行力非常强，也很有前瞻眼光。他今年三月份找到我，说要请我去他们企业进行黑带培训，他们自己选择和实施项目，我们进行少量的远程指导即可。我和他们的高层人员交流后认为这是一家管理水平很高的公司，有高素质的管理团队，以他们的行业性质和专业素养，这种做法是可行的。但首先需要对高层进行六西格玛倡导培训，以让高层对六西格玛有个系统了解，并了解自己在推进过程中应担当的角色和提供的支援。他们欣然接受了我的建议，高层倡导培训的三天中，董事长全过程参与，来自全国各分公司的30余位领导听得异常认真，也结合他们的产品和企业管理特点提出了许多针对性很强的问题，这些问题的解答对成功推行至关重要。接下来，我的团队按标准的BB培训模块进行培训，并行解决选人、选项目和项目指导的相关问题，该公司的八个项目均于上月顺利完成，达成预定目标，目前该公司黑带学员正在着手选择二期项目。

在我们的咨询实践中，小部分企业会提出长期顾问合作的模式来推行精益六西格玛。我们前几个月和一家台资企业就合作方式展开过讨论，他们已经推行了一年精益六西格玛，但自我评价推行效果不很理想，目前合作的顾问资源力量不足，想以长期顾问的方式与我们展开合作。具体设想是我们长驻该工厂，协助他们进行架构建设、人员及项目选择、最重要是进行项目辅导，在解决了一些技术细节问题后，已于两月前正式开始合作，目前来看合作良好。我很欣赏该公司六西格玛负责副总裁的观点：“我们公司与供应商合作，不希望是一锤子买卖，而希望成为长期合作伙伴，目前我们合作过的90% 以上供应商，合作时间都在三年以上。

就目前来看，最常出现的情况是推行企业直接请精益六西格玛方面的专业咨询机构，与其全面合作，完成从管理体系诊断、人员培养到项目运作、评价的整个推进过程。选择与咨询机构全面合作的推进企业 95% 是采用经典推进合作方式，即以自身为主导，咨询机构全程参与培训与辅导，只有 5% 的企业采用“完全外包”的推进方式。

通过六年的精益六西格玛项目咨询实践，我发现我们的精益六西格玛项目咨询客户中，绝大多数都是经典推进方式。咨询期间，这些企业最喜欢表达的是：“虽然我们公司在行业中很厉害，但在精益六西格玛方面还是一张白纸，你就当我们是小学生，我们相信你的团队，你们尽管按你们设计的思路走，我们会全力配合。”在这种情况下，咨询团队担当的除了讲师、顾问、教练的传统角色之外，更多的是担当起了手把手教客户设计项目运作中各种控制和跟进手段的企业内部推行人员的角色。但这是大多数推行企业的实际需求，看着企业推进办成员按我们指导的方法将项目跟进与控制做的有声有色，感觉很高兴。

至今为止，只见过一家企业将精益六西格玛的推行业务全部外包给咨询机构。这家企业在与我们交流时，自认为这是个惊人的创举，敢为天下先。试想，咨询团队不是水平高吗？精益六西格玛不是很厉害吗？那么好，就将企业内部问题交给你们，问题解决后从节省的费用里提成。如果咨询团队水平高，自然可以解决问题。你也会拿到你该拿的那份报酬。如果项目做不好，那说明咨询团队水平不行，或者精益六西格玛本身有问题。乍一看，合情合理，是很绝妙的主意。实际操作起来，却发现根本行不通。为什么呢，下部分我们将详加讨论。

一旦企业确定按经典方法实施精益六西格玛，势必涉及选择合作伙伴的问题。大家知道，精益和六西格玛都非国人发明，一个起源美国，一个来自日本，国内的精益六西格玛方面的咨询服务机构如前所述有不同的渊源和背景，那么国内企业选择咨询机构的现状是怎样的呢？关于这个问题，我们从多个渠道做了大量的调查摸底，结果与原先的设想出入较大。一般认为选择咨询机构时企业会从公司品牌、咨询团队资历、经验、风格、公司规模、咨询历史、客户品碑、所在国别等方面去考虑，一般外资企业会优先考虑外资咨询品牌，国有企业、民营企业考虑到习惯与可接受风格，会倾向于选择本土品牌。调查结果却并非这样，我们发现我们作为地道的本土品牌，咨询和培训服务却频繁的被外资企业（包括美、欧、韩、日和中国的港、台企业）采购，我们的客户群中，约有三分之一为外企，三分之一为港台企业，三分之一为国有和民营企业。与多家客户聊起这件事，他们认为这和推进企业的理念、风格和侧重点有关，经过这么多年的管理实践，大多数企业家都比较务实，他们不再过分看重名头等一些虚的东西，更注重实力和推行效果。“小庙里往往有真佛”，这是一位推行企业老总说过的一句话。“我看过一位台湾顾问的书，很赞同他的一句话，一流顾问都在二流公司”他补充说。我不由被这位企业家的精明所折服。企业需要选择的合作伙伴，其实不是富丽堂皇的门面、唬人的背景，因为背景和门面可以装饰，而企业推行精益六西格玛，需要掌握核心技术的人去实施，这一切与门面无关。

五 中国企业在选择推行方式与合作伙伴过程中存在的偏差

选择精益六西格玛的企业，或是业内翘楚，或是不甘人后，追求卓越的企业，选择精益六西格玛的企业家，大都是雄才大略，有远见卓识之士，在确定了要推行精益六西格玛策略之后，他们明白“舍不住孩子套不住狼”和“NO Gain，NO Pain”的道理。但由于文化背景和对精益六西格玛的了解程度不同，加之企业家的自信和以往的经验，部分企业家在选择精益六西格玛的推行方式时，会出现一些偏差。有些企业家经过比较分析发现，请外来咨询团队帮助企业实施需要投入的成本较高，能否依靠的自身努力，或采用较低成本的方式达到同样的目的呢？于是想到了购书自学，想到了从推行成功的企业挖人来负责内部推行精益六西格玛。我们眼见的采用挖人的方式来推行的企业就不下五家，他们的初衷是好的，以高薪挖精益六西格玛方面的人才，由他们负责企业精益六西格玛的整体推行操作，包括从规划、培训、选项到辅导等各个方面。这样既达到了推行精益六西格玛的目的，又达到了相对外请咨询机构成本低很多。但一个令人遗憾的现实是：到目前为止，没有任何一家企业通过这种方式推行精益六西格玛管理取得成功。原因其实很明显：首先，精益六西格玛的推行是项复杂的系统工程，企业推行精益六西格玛的目标往往是要形成更好的质量文化，或优化目前的业务流程，可能会伤筋动骨，因此需要公司自上而下齐心协力。对初次推进的公司，由于对精益六西格玛推行的具体操作细节知之甚少，更需要借外力进行系统策划，严密组织，在任何环节上出现疏漏，都可能前功尽弃，这项工程决非一个专家所能胜任的，一定要有一个专家团队，严密分工合作来完成。换言之，成功推行精益六西格玛需要的不只是精益六西格玛本身的知识与经验，比这更重要的是推行团队高超的领导力、规划设计能力和问题解决能力。尤其是能针对本企业的具体状况来订制适当的推行方案。还有一点就是“横看成岭侧成峰、远近高低各不同”的道理，即同一件事，同一个做法，出自外来专家之手与出自内部专家之手的结果和认知度会有天壤之别，人的心理普遍认为“外来的和尚会念经”。除去以上因素，在选择MBB时，最可能的情况是从成功实施精益六西格玛的企业去挖，该人是否具备推行整体精益六西格玛项目的经验与能力姑且不论，假设他有，那也是在原来的企业具有，他们的经验与见识足以适用于新的环境吗？他的个人魅力能被大家接受吗？上述一系列无法回避的问题会摆在面前，精益六西格玛的推行最终会以“满怀希望始，以满怀失落终”。

个别企业会选择“自学成材”的路子来推行精益六西格玛，这看上去有点悲壮的味道。单从掌握知识，学习使用品质工具的角度考虑，这是有帮助的，最少它提升了学习人员的知识水平，掌握了一些新的解决问题的工具，对悟性好。对经验丰富的工程师或管理人员而言，这种方法可能使他（她）无师自通，成为具备BB水平的人。但企业推行精益六西格玛好比打一场大的战役，光有一两个武功高强的英雄人物是无法决定胜败的，需要的是强大的团队、优秀的战术指导、甚至后勤保障系统，所以有人说：“六西格玛似乎无法自学成材”。

我至今弄不明白，为何有些企业要采用外训的方式，派一两个人参加BB/GB学习。是想通过这些人学习了这种方法然后回去再教大家吗？也许通过外训，再由学成的人回去培训企业其他人这种“低成本”方式对某些知识和工具是有效的。但在BB/GB的培养方面，九成以上的企业只是让受训者个人受益（还要是有慧根的），企业本身不会从本次培训中得到半点好处。为什么？对于六西格玛的方法论，如果谁能够在课堂上听一遍就成为讲师，那他便是天才。六西格玛需要实践，它是实践的科学，是做出来的，而就我们的经验，外训BB/GB的，没有几个人是带着项目来学习的。自己都没有通过做项目而真正体验过精益六西格玛的魅力，如何能够深刻领悟它，如何能够把它的神传给别人呢？那不是天大的笑话吗？只内训，自己不做项目的做法也不好，原因是一样的。六西格玛是做出来的，不是考出来的，我讲课时经常给学员讲的一句话是：就算你能够倒念九阴真经，而对练武本身不感兴趣，遇到略通武功的人（无需高手）手指一点，你就倒了，念经有什么用。所以我要劝外送或内请人员进行BB/GB培训而不打算做项目的企业一句：还是省省这笔钱吧，别打水漂了。

相比之下，更精明的企业家会考虑外请咨询机构进行项目方面的合作。现如今专业分工很细，一个男人既要在职场叱咤风云，回家又要能修马桶，有那个必要吗？我经常见到身边的朋友每天花大量的时间在作电脑维护并乐此不疲。问之，答曰：“电脑病毒这么猖獗，得随时在网上找一些合用的软件来杀毒，打补丁，电脑问题自己解决比较方便”。我说，“你每天花四五个小时在维护电脑上，如果把这些时间花在做有价值的事上，电脑由专业人员来维护，有什么问题吗？”他想了半天，似乎明白了。企业分工不同，在市场日益细分的时代，从挖矿炼铁做螺丝一直做到火箭上天的大包大览的企业已经像恐龙一样灭绝了。因为“术有专攻”，你只需把你最擅长的那部分做好就需要耗尽大量的精力。如果再心有旁骛，如何能做成行业老大啊。所以说真正精明的企业是会巧借外力的企业。但如何借外力，应该找什么样的咨询机构作为合作伙伴呢？在这件事上，最稳当的做法是“门当户对”。很多企业的第一反应是“我们是业内老大、著名公司，一定要找一家对等的、有实力的咨询机构来合作。“门当户对”讲的显然是门面，理解起来就是门面大的、有来头的咨询机构。这个想法看起来似乎正确，但确实是错的。为什么，这里有个概念被混淆了。“大门面 = 大实力。”“有来头 = 有实力”。“人多 = 有实力”对于一般服务业如酒店旅舍，大门面往往意味着更高的星级，更周到、体贴的服务，对于制造业，大的厂房，先进的设备显示的是实力和层次。这点没有问题。但是否门面大、校门豪华的大学就是更高水平的大学，拥有更气派办公楼的政府就代表更高效、廉洁的政府，情况恐怕就不是这样了，否则哈佛牛津的校门怕是当地学校中最豪华的了。咨询业也是这样，它是典型的“智业”。其水平高度依赖于咨询团队、个体咨询师的专业素养、知识、经验、风格以及咨询团队的整体合作水平。换言之，与是否为洋品牌，人员有多少，办公室有多豪华，宣传如何是毫无关系的。如何辨别呢？一个最简单的方法就是：

（1）看看他目前的客户群有多大比例的在做一期项目，多大比例的在做二期合作，多大比例的在做三期甚至更长久的合作。这是骗不了人的，一期的比例只能说明他的市场营销能力的强弱，靠的是刚才讨论的外在的东西，无关咨询实力，二期以后的项目比例才真正和实力有关。

（2）与其客户交流一下，这种交流一句话带给你的信息量（有利于你正确决策的）胜过其营销人员的一万句。

六 中国企业的特点、背景分析

近三十年的改革开放为中国企业发展创造了千载难逢的机会，在参与惨烈的市场竞争，经过多次洗牌后生存和发展起来的中国优秀企业，无一不具有独特的优势，为了将这种优势沉淀下来，为企业的进一步成长打下了良好的基础，企业对优秀管理思想、管理技术的追求比以往任何时间都来的猛烈。企业想要的，既不是深奥难懂的理论，也不是冗长的公式，而是精简有效的管理。更重要的是如何应用和操作它，从而真正帮助企业提升绩效。我们所处的知识经济时代又有太多的东西需要企业去甄别和选择，罗丹说：“对于我们的眼睛，不是缺少美，而是缺少发现”。对急于追求新的管理方式来武装自己企业的管理者而言，在选择精益六西格玛的同时，同样需要谨慎选择推行方式和合作伙伴。因为这对精益六西格玛的成功推行同样十分重要。

七 建议与忠告

◎ 永远不要尝试去挖一个 MBB，并只依靠他来帮企业推行精益六西格玛。因为没有成功的先例，除非你想在推进精益六西格玛失败案例库中留名。

◎ 不要像买白菜一样斤斤计较精益六西格玛的导入费用，因为人参如果卖到萝卜的价格，你还敢要吗？

◎ 在精益六西格玛方面投入的每一元钱，回报都在十元以上。

◎ 自学可以出合格的 BB 种子，但不可能帮企业推行成功精益六西格玛。

◎ 对于只送人出去或请人进来培训 BB/GB 而不打算做项目的资金投入，如果这个资已经投了，那是打水漂了，如果还未实施，立即停止。

◎ 将精益六西格玛像财务或培训一样完全外包给咨询机构的做法是不明智之举，你收获的只有一个果实，名叫失败。

◎ 在选择咨询机构时，千万别“以貌取人”或有“门当户对”的思想，否则你可能得“打落牙齿往肚子里咽”。

◎ 记住一句话：“小庙里往往有真佛”。

步骤4

建立精益六西格玛推进组织

“凡治众如治寡，分数是也；斗众如斗寡，形名是也。”

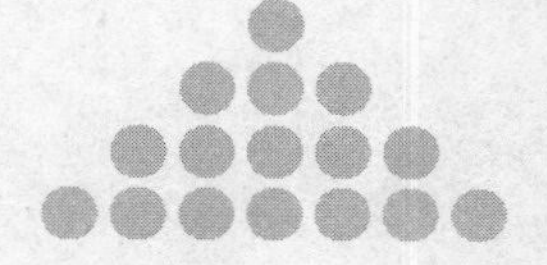

“群龙无首”的战争注定要失败，只有建立起伟大的组织，才可能会取得伟大的胜利。同样的推行精益六西格玛变革管理获取成功的因素之一，就是需要建立一个强有力的推进组织，以确保精益六西格玛的顺利推行。

一 建立精益六西格玛推进组织的目的

建立精益六西格玛推进组织的目的有以下三点：

(1) 组织、策划精益六西格玛变革管理顺利导入和持续推进。

(2) 帮助企业高层领导展开经营战略；选择精益六西格玛项目，对项目进行日常进度、质量等状况进行跟进和有效管理；定期组织召开项目发表会和交流会，及时总结经验和教训；适时进行精益六西格玛理念的传播和宣导，持续推进使其融入现有的管理体系，逐渐引入企业文化变革的轨道。

(3) 通过前期培训和项目运作，发现、发掘和培养自己的MBB(黑带大师)，以实现企业内部的自我“造血功能”，不断研究和引入新的管理思维、理念和方法，从而实现“管理开发、战略开发”的新跨越。

二 本阶段企业面临的基本问题

我们在项目咨询时，发现企业在推进组织建立中会出现以下问题：

（1）推进组织机构隶属在哪个部门合适？

（2）推进组织如何命名？

（3）推进组织与原有的改善机构怎样结合？

（4）推进组织由谁牵头好？

（5）推进组织人员如何搭配和配置？

（6）推进组织设为兼管还是专管？

（7）推进组织成员应具备什么条件？

（8）推进组织设置多少人合理，有没规模和比例方面的参考？

（9）推进组织是否需要由高层领导挂帅？

推进组织建立时之所以遇到以上诸多问题，主要是因为企业的性质、规模和运作管理模式不同所致。具体的推进组织设立和定位，可根据企业自身特点以及承受能力“量身定做”出合适自己的推进组织和架构设置，以能确保工作的顺利开展和有效落实为原则。

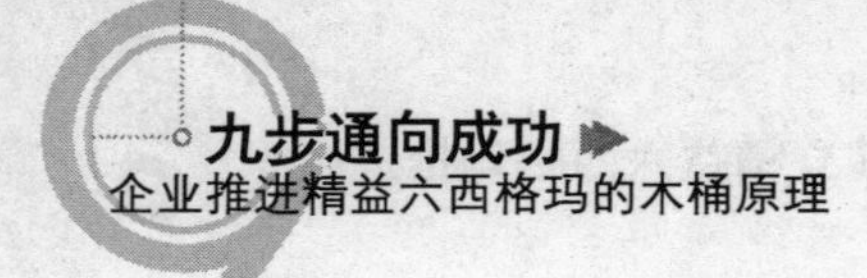

三 建立精益六西格玛推进组织的基本流程

前面我们探讨推进组织建立时可能遇到的问题，已经罗列了很多现象，因问题现象的不同，将导致所建立的组织架构也不同。通常的推进组织架构如图 4-1 所示。

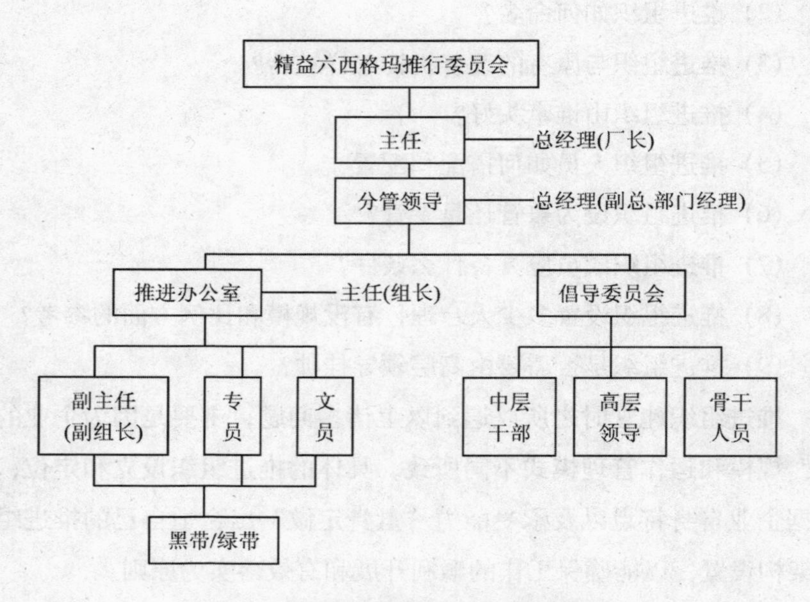

图 4-1 精益六西格玛推进组织路径

企业在实际运作时，因性质和管理模式的差异，在推进组织命名时也有不同的称谓，有的叫“推行委员会”，有的叫“推进领导小组”，无论机构名称如何叫，但运作主体是一致的。

在组建推行组织时，从人员、活动场所等软硬件资源配备上要充分考虑，同时高层领导要给予充分的支持和高度关注，必要时充分授权。倡导委员会应积极配合和支持推进办公的工作，主动参与相关会议和活动，及时提出建设性的意见。

有些企业在导入精益六西格玛的初期，为满足形式上的需要而建立了推进委员会，从组织架构看，上至老总、下至各部门主管都纳入到了推进组织，但在工作实效上不尽如人意。一次我在某企业进行咨询，他们的推行委员会组成人员有10多位，但对项目运作真正投入的时间和精力却很少。这个架构就如同虚设，仅流于形式，表面看起来人人都管事，实际上人人都不管事！每次项目辅导学员都说有困难，项目障碍无法沟通与解决。原因是委员会的工作依赖于推进机构，推进机构又受制于权责限制，不能放开手脚工作，老总挂帅，但老总的时间却被日常经营事务所占。这种情况下，就有必要给推进机构负责人适当授权，发挥推进机构的能动性和主动性。推进组织的委员人数不宜过多，让那些熟知业务、与事关联紧密的核心人员介入和分抓各部门的推行工作，推进组织的参与面可以扩大些，以扩大变革的影响力。在推进组织中，推进机构是组织的核心，它起着承上启下的作用，是组织的“中心轴”。

推行机构的主要作用是：作为项目团队的指导者，要协助和帮助项目组按计划节点完成项目，确保其质量和进度；作为同僚部门间进行信息交换和分享，合理调配现有资源；作为高层领导的助手，及时汇报项目运行情况，难以解决的问题，谋求领导的支持和帮助。有个企业在项目推行期间，推进机构配有四人作为专职人员负责项目跟进和管理，推进人员每天都有跟进项目，工作也很投入，但效果总是不理想。究其原因，一是四人一起逐个跟进项目，没有明确分工；二是对项目组存在的问题没有归类解决。这样便造成推进人员累，项目运作困难的局面。在推进过程中，项目组可事先考虑明确分工和注意推进技巧，针对项目组存在的问题进行分类处理。通常，问题可分为三大类来处理：第一类是项目组内部问题，可由组长带领团队内部解决，只需要跟进其时间进度即可；第二类是项目组内无法解决但推进机构可能帮助解决的问题，可由推进机构内部协调解决；第三类是项目组和推进机构都不能解决的问题，可报主管高层领导，谋求解决。

推进机构常见的设立形式有以下四种：

（1）专职部门：与其他部门并列存在于企业组织架构内，一般直接隶属于总经理、厂长或分管副总（副厂长）。

（2）专职小组：设立在某一部门内，一般在部门长（经理）的领导下开展工作。

（3）专职人员：设立在质量、技术或制造部门内部，作为专项工作推进和管理，也是在部门领导的领导下开展工作。

（4）兼职人员：与专职人员的设立近似。

推进机构的设立主要结合企业规模及实际情况来建立。

倡导委员会人员构成常见的三种组合形式：

（1）由中、高层全体领导（干部）组成。

（2）由中、高层部分领导（干部）组成。

（3）由高层部分、中层全体领导（干部）和骨干人员组成。

四 中国企业在建立精益六西格玛推进组织过程中的选择

在前面推进组织建立的核心目标中，我们已经提及到推进机构将为企业持续发展负有“管理开发、战略开发”的使命，推进组织的建立不但影响精益六西格玛的顺利推行，而且也会影响企业管理和文化的变革。因此，有效的推进组织是管理成功的关键之一。

在我经历和咨询过的企业中，对推进组织的设置各有各的不同。记得在某一大型国有企业推行精益六西格玛时，就遇到这样一个问题：企业不断持续引入新的管理方法（比如6S、班组建设、内控管理、精益生产……），每个专项工作的开展都设有一个专门办公室，如今又要导入精益六西格玛管理。当时的负责人就问道，这个推进机构如何设置呢？我问及之前专项工作的机构设置，他告诉我，现在领导要求导入的管理方法太多，大家都很忙，人手显得越来越紧张。我们试想，真的是管理方法多、人手不足吗？其实还是组织建立的问题。后来我建议他，尝试将所有专项工作归到一个部门管理，这样可以统一协调资源。最后这个企业将所有专项工作并归到一个部门管理，这个部门命名为“先进技术推进办公室”，由分管厂长直接领导。经过一段时间的运行，推进办主任告诉我，原来因为专项工作多造成考核制度多的矛盾不存在了；原来每个专项工作每周要开一次例会，现在一个例会就解决问题了；原来各专项组只管做好自己的工作，现在感觉到大家能凝聚起来，做事的系统性好了，团队精神明显提高了，工作埋怨听不到了。可见，合理设置推行组织可起到事半功倍的作用。

有的企业直接将推行组织挂靠到某一部门统管。这样的组织设立，效果也不尽相同，有成有败。因部门领导是兼职管理，其日常事务较多时，在专项工作分管上投入的时间和精力如不能保证，就可能影响推行效果。如果部门领导强势关注和支持，这种组建形式也会有好的效果。

在我曾经咨询过的一个企业，他们的推行组织是挂靠在生产技术部的一个小组，这个小组有三个人组成，一个是组长，一个是工程师，一个是技术员，其他人员分别由生产现场的班长及技术担当兼职组成。起初大家的热情很高，工作开展也很顺利，但经过了半年的运作之后，现场改善工作开展的难度增加，推进工作显得越来越费劲，这时推进机构的力量也显得力不从心。分析其原因是，专职人员的权力局限，推动工作的影响力相对削弱，尤其是跨部门沟通障碍重重，其他参与成员因日常的业务工作繁忙，投入精力和时间相对不足，具体安排、部署的工作总是不能按计划完成。

在这种情况下，他们推进组织的组长感觉这项工作开展压力很大，就找我探讨有无良策。推进组长告诉我："有些部门经理说，改善工作主要是推进小组执行，我们的日常工作很忙，没时间。一个小小的组长动不动就给我这个部门经理追加工作，这合适吗？"我们试想想，现场改善工作难道不就是日常工作的构成部分吗？其实现场改善工作是为了使得日常工作更高效、更顺利、更轻松地实现。如果我们把改善工作当作额外的事情或作为"捎带活"来看待，这个管理者就不适合做管理岗位了。其实还是思想问题，我们每天的工作固然很多，就看如何来合理安排和利用时间。后来我就告诉这个组长，可以与自己的部门经理一起将现有情况直接给主管副总进行汇报，谋求领导的支持。他说："这可能不合适吧，自己的分内工作怎么好意思找老总？"问题确实无法解决时，就有必要上报领导层。否则后续工作就无法持续开展下去，要学会"该出手就出手"！我告诉他，在临近下次专题例会时，提前约请主管副总参加例会，只需要副总坐那把会议内容听完即可。到开例会时，这个主管副总和其他部门经理都参加了会议，听完会议内容后，这个副总说了一句话："能否改善小组的推进工作直接影响着全公司的经营效益。产品质量的提高、生产效率的提高、交付期的缩短、内部成本降低等改善工作决定于推进小组。希望各位部门主管要很好的配合推进工作。今后推进小组就此专项工作直接向我汇报。每次例会一定要通知我参加！"又过了一个月，这个推进组长笑眯眯地告诉我，现在推进工作顺手多了，大家都能积极支持推进小组的工作，没人再推诿了。由此可见，推行领导和推行委员会的引导支持和强势是推进组织的"驱动剂"，也是推进工作顺利、持续开展的重要保证。

推行领导或推行委员会组建时，要考虑其对企业的经营运行环节业务的熟悉情况，在管理圈内要具有领导的管理魅力和威信。有些企业在组建推进组织时把一些工作量较少的领导或对业务不熟悉的人纳入，最终导致推行工作开展走入"死胡同"，使执行工作显得过分形式化，而看不到真正的实效。同时使公司丧失了更多的机会，严重的给公司造成了"新的浪费"。还有些企业在组织建立形式上没有问题，但领导只是泛泛在会议上做些要求，没有实质性的支持行动和帮助，也使组织及收效片面化，而"名存实亡"。

总而言之，推进组织可依据企业规模及管理模式进行有效选择。

五 中国企业在建立精益六西格玛推进组织过程中存在的偏差

企业的规模、性质以及管理方式将直接影响推进组织的建立与设置。诸多企业在建立推进组织时，常会考虑管理成本、机构设置与隶属关系问题，多会将该推进组织隶属于质量或技术部门，从表面来看，职能关系是清晰、明确的，但在执行过程中会出现很多偏差和问题，从而影响推进效果。常见的问题有以下几种：一是推进组织职能不清或界定模糊，致使项目推进过程中出现“踢皮球”现象。二是定位不合适，隶属关系不能有效推动工作。表现在推进组织人员说话无威力，安排下去的事情执行进度、质量令人不满意。或者隶属部门领导因日常工作事务多，未能及时过问推进效果、主动听取汇报、给予支持和帮助导致推进工作滞后或无效。三是高层（倡导层）关心和支持不够，直接影响到全员的士气。很多高层领导（倡导层）一旦提出问题，唱唱高调后就责令下面人执行。执行层面遇到障碍问题或困难不能疏解时就卡住了脖子，致使项目运作停滞不前。这也影响了项目团队的积极性和热情。

针对以上出现的一些常见问题，在建立推进组织的初期就需要合理统筹，规避上述在项目推行过程中发生的问题。首先，要明确精益六西格玛推进的终极定位和长远规划，不管推进组织如何设置，都要做到：一方面要注意其存在的有效性，另一方面要作为要求较高的专项工作，由权威高层领导挂帅，督导项目运作进度和质量。推进机构人员的职能一定要明确，必要的时候要由高层领导特别授权，以增进其推动力。作为推进机构的人员要把自己融入到精益六西格玛推进的大团队中，不但要推动，而且还要拉动该专项工作。能够及时为各项目团队分忧解愁，疏通障碍问题。对于项目组内部能完全解决的问题可作日常跟进、评价；对于项目组无法内部解决的问题，需要及时协调，交流和调整资源，有力帮助项目组织工作的顺利开展；对于项目组或推进机构不能给予解决的项目问题，推进机构负责人应及时向分管领导汇报，以尽快谋求，研讨解决措施。同时，推进机构人员要积极参与项目的活动，定期组织相关人员进行项目运作交流，评价和发表会。逐步在企业中营造精益六西格玛的变革管理文化。最后，推进组织要谋求高层（倡导层）领导的关心和支持。高层（倡导层）领导大多精力投入在经营战略工作中，时间安排通常很紧张，推进组织、展开工作时也要学会“管理领导”。所谓的“管理领导”，就是要充分利用领导的空闲时间，及时邀请领导听取项目汇报和交流会，对项目运作中的偏差及时提出纠正意见，谋求对项目运作过程中重大障碍问题的疏通和解决。作为领导层也应主动介入或过问推进组织和项目组的工作进展情况，多给予资源方面的支持。引导和搭建形式多样化的工作和活动平台，使精益六西格玛管理文化真正扎根于企业。

六 中国企业的特点、背景分析

我们都知道精益六西格玛管理是“舶来品”。精益生产起源于日本，六西格玛起源于美国，日本、美国与我们中国的文化背景有着天壤之别。我们是囫囵吞枣的接受、照搬，还是创造性的借鉴应用呢？这就有必要充分了解我国企业的特点和实际情况。“知己知彼，百战不殆”！

日本民族被称为“大和民族”，其特点是特别注意细节和团队作战，讲究持续改进。绝大多数企业采用“终身雇佣制”，所以他们在一个企业不同的部门工作一辈子，工作团队、工作一致性较好，他们乐于服从指挥，听从命令，因而就产生了自下而上自发的“全民皆兵”式的持续改进思想（如丰田生产模式），改善、革新团队不需要过多的干预和强制措施。美国人被人称作“竞技民族”，在企业工作的人员特别注重创新。据有关统计分析资料显示，美国人一生平均搬家十三次，他们在不同的企业干着同样的工作，自律能力强。因而，团队管理只需要明确目标，大家就能自觉去实现。我们国人思想多变，在企业工作的人员注重机会的把握，做事讲求中庸之道。尤其现在企业中，很多人善于捕捉机会、喜欢跳槽，做事的一致性较差，一个人一生在不同企业干着不同的工作，做事容易“上行下效”，因而相对较难管理，这就对企业实施一项新的变革管理提出了新的挑战！

既然善变、容易上行下效，那就有必要由强势领导组建强势的推进组织来落实新的变革管理。

七 建议与忠告

◎ 精益六西格玛的成功推行，离不开强势的领导和强势的推进组织。

◎ 良好的精益六西格玛推进组织的特点是：不但会“推”，而且要会“拉”。

◎ 推进组织与项目团队是一个大团队，项目团队不但需要督导、跟进，而且需要协助。

◎ 高层（倡导层）领导的参与、关心和支持，能加速变革管理成功的步伐。

◎ 推进组织的人员既要是业务（技术）的高手，也要是管理的一把好手。

步骤5

管理体系诊断与企业文化诊断

"知己知彼者，百战不殆。"

——◎ 孙子 ◎——

精益六西格玛管理作为综合了当今管理领域两大最优秀管理实践的集大成者，已被越来越多的成功推行企业证明其可以突破性提升企业经营绩效。如果把精益六西格玛比做管理领域的一朵奇葩，那么要使之从种子落地至发芽、成长、开花，就不能随便将种子撒下去，然后等着它自生自灭，那是注定不会见到奇葩的，必须首先确定土壤的性状、水力、肥力，缺什么元素，然后针对性的设计施肥、松土、浇水等方案，只有在这些方面下足功夫，才可能体味花开的欣喜。精益六西格玛在企业推行，管理体系与企业文化诊断的作用就如种花前的土壤和环境分析一样，是精益六西格玛成功实施的基础之一。在本关卡，我们同样从以下七个方面展开讨论。

一 管理体系诊断和企业文化诊断的目的

管理体系诊断的目的是：从多角度、多层次了解精益六西格玛推进企业的管理特点，管理风格和水平；针对性地设计具体的推进方案和流程，了解企业价值实现流程的绩效与短板，为选择项目圈定范围。

企业文化诊断的目的是：了解企业整体的思考及做事的特点、风格，以判断企业对推行精益六西格玛在文化上的准备情况，从而为设计基于该企业文化现状的具体的推行策略打下基础。

二 管理体系诊断和企业文化诊断面临的基本问题

本阶段，推行企业会面临以下问题：

（1）以我们企业的管理基础，推行精益六西格玛的时机是否成熟？是否会感到吃力？

（2）推行精益六西格玛，对企业的管理基础和人员素质有何要求？

（3）从精益六西格玛角度看，我们企业的薄弱环节在哪里？

（4）通过管理诊断能发现这些薄弱环节吗？

（5）精益六西格玛的推行对企业文化方面有什么要求？

（6）我们的企业文化是否能成功推行精益六西格玛？

（7）管理体系诊断和企业文化诊断究竟能帮助我们做什么？

（8）从哪些角度进行企业诊断比较全面和可行？

（9）推行精益六西格玛，如何切入？

如果以上问题解决了，精益六西格玛推行的切入点和推进方案的确定就有了依据。

三 管理体系诊断和企业文化诊断的基本流程

企业是一个有机体，对它的健康状况的诊断方式有很多种。诊断的全面与准确性直接影响“治疗”的效果。精益六西格玛推行前的企业管理体系诊断和企业文化诊断的考量点如图 5-1 所示。

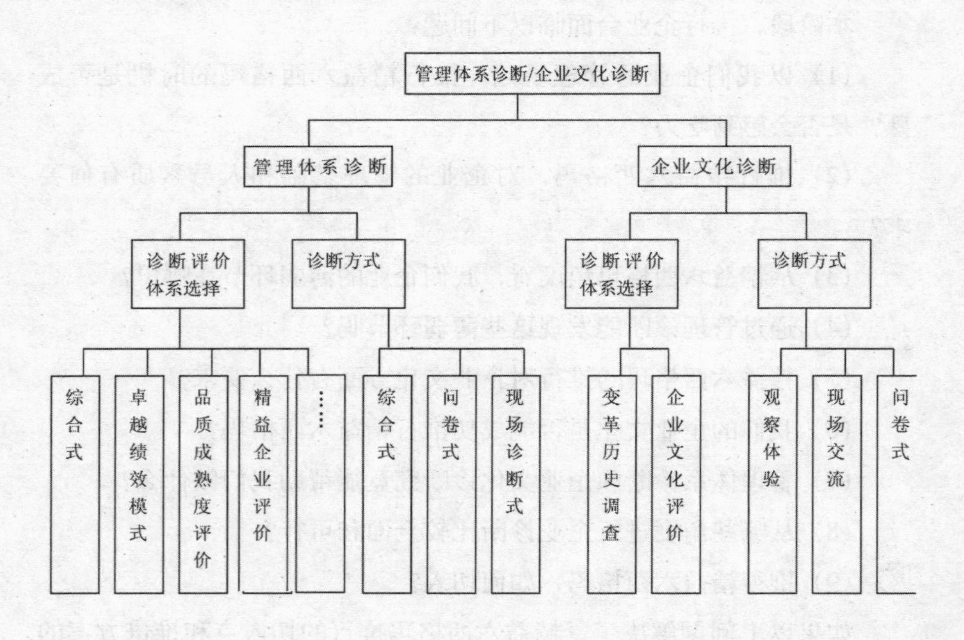

图 5-1 企业管理体系诊断、文化诊断路径

在管理体系诊断方面，必须考虑的问题有两个：诊断评价体系的选择和诊断方式的选择。诊断评价体系选择方面，可供选择的方法工具不下一百种，可以从不同侧面、不同层面、不同维度进行，较常用到的诊断方案有综合式、卓越绩效模式、品质成熟度评价和精益企业评价等方法。其中精益企业评价比较偏重于从精益角度看企业价值链全过程的水平及与理想精益企业要求的差距；品质成熟度评价是从企业品质管理的角度来间接评价一个企业的经营状况；卓越绩效模式是从企业为达卓越经营所需要考量的七大方面进行评价；综合评价则是综合了多种评价方法/工具，从全方位、多角度对企业进行综合评价的一种技术。

在实际诊断时，可选的方式有：问卷调查式、现场诊断式和综合式。问卷调查式是通过设计针对性问卷，按一定方式抽样进行调查，再对回收后的调查问卷进行分析归纳，从而得出诊断结论的方式。其优点是问卷可自由设计、参与面广、信息量大；缺点是可能得到不真实甚至错误的信息。现场诊断式顾名思义就是诊断和调查人员深入现场，通过“望、闻、问、切”的方式得到第一手资料。其优点是深入、全面、准确；缺点是成本较高，对被调查人员的正常工作会有影响。综合式是将调查问卷式和现场诊断式相结合的一种诊断方式，兼具问卷式与现场诊断式的优点。

企业文化诊断方面，同样要考虑诊断评价体系的选择和诊断方式的选择。在企业文化的诊断评价体系选择方面，常见有两种评价方式：变革历史调查和企业文化评价。变革历史调查是考量该企业在过往推行导入类似的管理/技术方面的方法论如ISO9000、ERP、TQM等过程的方式、进程、结果、目前现状及存在的问题，从而提前发现问题，以利扬长避短并进行必要的预防。企业文化评价是从企业对精益六西格玛推行的领导力、认知度、准备状况和阻力等方面进行评价，目的是明确与推行精益六西格玛相关的企业文化方面的薄弱之处，在后推行过程中将其进行补强。

企业文化诊断同样存在诊断方式的选择问题。其中，问卷式和现场交流式与管理体系诊断类似。观察体验式是通过在企业的正常运作状态下进行自然观察（被观察者不知道自己被观察），从而了解真实的企业管理风格及文化特征。观察体验式是了解真实的企业文化的最佳选择，但需要的时间较长。

四 中国企业在管理体系诊断和企业文化诊断时的选择

关于春秋战国时期的名医扁鹊，曾经有这样一则故事。扁鹊家世代行医，其兄弟三人，都在不同的地方行医，其中尤以扁鹊名气最大。有个好事者想为难一下扁鹊，有次当着众人面问他三兄弟谁的医术最高明。扁鹊想了一下，回答说："在我们家三兄弟中，我的名气最大，但是要论医术，我的是最差的。""为什么呢？，难道当今还有医术比你高明的人？"众人疑惑不解。"是这样的"，扁鹊不紧不慢地说："在我家三兄弟中，二哥的医术比我高，当地老百姓没有生大病的，刚一有病的苗头，二哥就会教他们吃药和调养，很快就好了。大哥的医术最高明，在大哥行医的方圆几十里地域，老百姓得以远离病痛的滋扰。原因很简单，大哥了解当地的天文地理、历史及人的饮食起居习惯，总结了一套养生之法，教给当地老百姓，所以当地百姓得以颐养天年。而我，没有大哥、二哥那样的医术，等病人症状很明显了才能判断出得的是什么病。”“那为什么你的名气比他们都大呢？”众人不解地问：“大哥那里，没有人生病，大哥自然不为外人知；二哥那里，人生病的早期，比较轻微的时候二哥便医好了他们，所以二哥给人的印象便是只能医小病；而我，只能等病人动静闹得比较大了，才能对症下药，结果重的病都能医好了，自然名气就比大哥、二哥大些。但与他们相比，实在是徒有虚名啊。”众人恍然大悟，然后纷纷点头赞许。

企业是有生命的有机体，和人一样会生老病死。为了能够健康长寿，是未雨绸缪，还是等到病笃再乱投医呢？扁鹊已经给出了答案。能如扁鹊的大哥那样，有一套因地制宜的保健方法，企业自然身强体健。这一良方，即是企业管理的诊断体系。良医能使瘦弱的人逐渐变得健康；而好的诊断体系，可以使企业意识到自身的不足，并通过改善机制迅速纠正。十多年前，我在一家电子企业任品质工程经理，这家公司是帮通用电气、索尼、三洋、戴尔等一批世界级公司做代工的。总会有一些名字如雷贯耳的公司派人来这家公司，有的是参观考察，有的是作供应商评价和选择。我印象最深的一次是通用电气组团来做一年一度的供方评价，共来了六个人，包括海外采购经理、品质工程师、财务、物流等方面的专家。来之前，先发了一份调查问卷，总共有 30 多页。问卷内容覆盖了从采购、人力资源、品质、技术到环境保护、法令法规的遵守等各个方面。我们先按此自查一遍，将明显的低分项进行整改，一个月后他们的团队又逐个模块、逐个工序地现场过了一遍。我清楚记得第一次我们得分是 58 分，判为责令整改。老板非常紧张，按通用电气的建议迅速做了相应的整改，硬件方面购置了几部新的高级检测 / 测试设备，在部门组织架构方面也做了相应调整，新增加了内部审核小组，专门负责定期进行内部审核。过了三个月，通用电气的团队又来，这次得了86分。一月后，通用电气的订单量就增加了三分之一。尝到这次被审核所带来的甜头，老板很高兴，又专门邀请索尼和戴尔的人来公司审核，同样发现了一些问题，整改后或订单量增加，或接到了新的订单。更重要的是，很多世界级企业的先进管理经验/技术在审核的同时也传过来了。这相当于客户不但免费帮我们做了诊断，而且还开出了药方。如此美事，何乐而不为。老板乐此不疲的结果是公司的管理和技术在短期内有了突破性的提升。公司规模在两年内翻了一番，新增了菲利浦、MOTO等五家大客户。由于客户通过审核、评价和选择的驱动，而使企业快速成长，甚至一夜成名的例子在珠三角地区太多了。最厉害的是一家专帮全球500强做代工的台资企业，这种模式使公司在短短的二十年内由一家十几个人的小作坊一跃成为全球500强企业，进入了巨人的行列。企业大都有类似的开局，但因过程不同，最终的发展结果会有天壤之别。

用于企业“体质诊断”的配方很多，在网上一搜一大把，我手头就有通用电气、MOTO、索尼、菲利浦等数十种诊断表。这些诊断表要么考虑周到细致，涉及企业经营的各个方面，要么科技含量很高，有新的管理思想、工具、概念出现；既有不同企业的“个性”特点，又有共同的特征——精细而系统。这是“企业医生”们的心血之作。但我发现现实中的大多数中国企业似乎还未养成定期“体检”的习惯。我十年前不大注意医生的忠告：要养成良好的饮食及作息习惯，定期进行体检。我的工作性质决定了我每年有二百多天在各地做项目或讲课，饮食起居极不规律，结果先是咽喉告急，咽炎从无到有，再由急转慢，每月需打一次点滴；再是身体发福，行动不再敏捷。医生强烈建议我每年至少做一次体检。去年我抽空去做了，没有发现什么问题，暗自庆幸，就依旧在饮食起居方面未做注意。今年再去，结果令我大吃一惊：一级肥胖，血脂高，轻度脂肪肝。问医生原因，回答是："饮食及休息方面不注意，加之缺乏运动所致。"拿出去年的检验报告一对比，才发现去年的血脂与胆固醇指数虽在公差范围内，但已偏上限，由于习惯没做任何改变，今年的超标就变得顺理成章了。医生建议：禁酒，忌暴饮暴食，多喝水，每天锻炼至少三十分钟。现在已完全尊医生命，依计而行了。就本次体检风波，思考后发觉这样一个道理：健康的肌体要保持动态平衡。人到了一定的年龄，由于长期不良习惯的积累，打破身体平衡，就会生病。看似正常的身体其实发生着各种变化，存在着许多潜在的危险。发现这种危险的最好方式是定期体检。消除这种危险的最好方式是从开始就养成并保持良好的习惯。罗马不是一天建成的，企业也是这样。企业貌似正常的运作过程中，肯定潜藏着或大或小、或明或暗的各种危机，需要通过定期的诊断及早发现，及早清除，才能保证安然无恙。

定期"体检"对企业是必要的，也是重要的，那么应该选择什么样的"体检"项目呢？国内企业在这一点上似乎并不擅长。前些年，一些著名的企业热衷于从国外请机构，帮企业做诊断和指导，最终大都不了了之，结果钱花出去很多，却没有得到自己想要的。

诊断的目的不同，所选择的评价体系和诊断方式也是不同的。我们现在讨论的是推行精益六西格玛前的诊断，其目的是判断一个企业的管理基础、管理风格等与精益六西格玛要求的差距，并识别整个价值链条上的劣质成本，因此需要专业、全面的诊断方案。如全面评价经营水平的卓越绩效模式评价，偏重于评价品质保证能力的品质成熟度评价模式，偏重于精益生产水准评估的精益企业评价模式等。据我们了解，在推行精益六西格玛的中国企业中，约有二分之一的管理体系诊断并不是他们推行精益六西格玛的标准化选择。这种诊断方式对推行企业而言，就如还未诊断病因就开出药方一样。

在企业文化诊断方面，越来越多的企业开始注意到文化对企业发展的重要性，开始重视企业文化建设。具体表现在：有些企业成立了专门的机构来研究和规范企业文化；有些企业请了专门的机构来进行文化建设方面的咨询；少数企业甚至设置了首席文化官职位。企业文化对于企业，就如阳光、空气和水对人的影响一样无处不在。同时，文化就是人的行为、饮食、起居习惯，对健康的影响是潜移默化的。有人说经营业绩良好的企业；不一定是具有良好企业文化的企业；但能够长期稳步发展，遇到挫折不会垮掉的企业，一定具有良好的企业文化。打算推行精益六西格玛的企业，无一例外具有雄心壮志，要么在业界处于领袖地位，要么是快速成长，潜力巨大，它们渴求用更优秀的管理来突破性地提升经营绩效。但推行精益六西格玛的成功，与良好的企业文化关系甚密。美国国家质量奖鲍德里奇奖评委霍得盖茨说："当企业文化与战略发生冲突时，文化恒胜；当变革的努力与企业文化发生冲突时，变革的努力必将遭到失败。"企业推行精益六西格玛是一场变革，如果没有良好的适应变革的企业文化，精益六西格玛的成功推行就是一句空话。在中国，暴发户式的企业神话每日都在上演，各领风骚数百天，但不唯"代表先进生产力，更重要的是代表先进文化的企业"，才有更广阔长远的发展空间，在推行精益六西格玛上更是如此。

五 中国企业在管理体系诊断和企业文化诊断过程中存在的偏差

定位准确的定期体检，可以及时发现人体的健康隐患。而系统有效的管理体系/企业文化诊断，则可以帮助发现企业经营过程的短板与软肋，为提出企业“康体”计划打下基础。在实际操作过程中，企业存在各种各样的偏差和问题。

我曾去过一家有名的港资企业进行精益六西格玛推行前的诊断与考察，发现该企业的管理系统完善到令人赞叹的程度。现场张贴着各种各样的绩效考核指标，每个指标有量化的目标，有每月、每周甚至每日的实际绩效推移。这些五花八门的报表就像企业的神经系统一样，源源不断地汇集企业运营的各方面信息，这种信息就是企业健康状况的数字化诊断结果。非常遗憾的是，我没有看到任何关于这些绩效信息的总结及分析对策表。数据如果未经处理，就永远仅仅是数据，无法从中捕捉到足够的我们想要的东西。只有经过处理，发现数据背后隐藏的规律了，它才能为我们的决策服务。这正是目前大多数中国企业没有认识到的地方。任何企业的诊断都是这样，我们看到的永远只是现象，只有从现象总结出规律，发现了问题，才能达到诊断的目的。

在推行精益六西格玛的公司，少有会在推行前做专门的变革历史调查或企业文化评价。而有些咨询机构在这件事上因利益的缘由，会“不做为”(不进行企业文化方面的诊断)。这是到目前为止，推行精益六西格玛失败的公司最大失败因素之一。通过大量推行实践和观察，我发现并非所有企业都适合借精益六西格玛之力来提升经营绩效。没有良好的、适应变革的企业文化的公司，在精益六西格玛推进中，不论本身业绩如何，在业界所处地位如何，最终鲜有成功推行的。那么如何判断一个企业的文化呢，除了专业的评价技术，一个简便易行的办法就是看看这家企业推进别的管理方法的历史。如果过往推行过多种管理方法、工具，现在连影子都找不着了，那精益六西格玛八成也会落个同样的命运，因为精益六西格玛不会自行在企业扎根。这一点概莫能外，包括被很多人认为是代表所谓先进管理和潮流的外资企业。

六 中国企业的特点、背景分析

在精细化管理已成潮流的当今时代，数字化、量化、精细化管理能给企业带来更多好处已成为企业家的共识。一大批学有所成、有远见卓识的企业家大胆尝试各种新的管理构架和管理方法。许多企业已做到与先进管理的形似，少部分企业已经做到神似，这是可喜可贺的。能力强不如学习能力强。企业如能借鉴先进外企的管理经验，重视企业营运过程的自诊断，或外请专家进行定期诊断，就可及时发现潜在或明显的问题，及时纠偏，从而让自身“健康”水平不断提高。

七 建议与忠告

◎ 推行精益六西格玛时，在任何情况下，都不可省略管理体系诊断与企业文化诊断这一步骤，否则就会得到“未看病就开药”的结果。

◎ 不懂得诊断的医生不是医生，不懂得企业管理诊断的顾问不是顾问。

◎ 诊断报告不应只给总经理一人看，所有管理人员都要看，要每人看十遍以上，并写读后感。

◎ 孔子曰：“吾日三省吾身”。懂得自省并总结经验教训的人是有前途的人，懂得自省并能基于自省结果持续改善的企业是强大的企业。

◎ 企业文化决定精益六西格玛的推行效果以至成败。

◎ 习惯是可以改变的，企业文化也不例外。

◎ 每天忙于大量收集数据而不做任何处理的行为比不收集数据更可恶，因为在浪费了大量的资源和时间。

◎ 对人而言，能力强是重要的，但学习能力强更重要；对企业也是如此。

◎一个企业的文化如何，不是看他对你当面说什么，做什么；而是看他在自然状态下说什么、做什么。

建立精益六西格玛推行程序规范

"没有规矩，不成方圆。"

俗话说："没有规矩，不成方圆"。同样，精益六西格玛管理如果不能建立有效、有机的保障体系，就很难长期受益、长期见效。如何使其能顺利地导入、培育和持续推进呢？仅靠人治的做法和管理效果短暂。为了使其长治久安，在企业管理发展中深深扎根、开花结果就必须要考虑将其制度化和规范化，与现有企业管理体系有机融合为一体。大家熟知的"麦当劳"、"肯德基"为何能在全球范围内成功开设诸多连锁店呢？原因之一是因为他们能将所有经营管理的过程程序化和规范化。那作为精益六西格玛管理如何建立程序和规范，从而使企业真正得以发展，将成为我们接下来要关心的话题。

一 建立精益六西格玛推行程序规范的目的

精益六西格玛管理程序和规范的目的包含以下几方面：

（1）为企业可持续发展提出明确的管理规划和愿景，确立其推行定位和总目标。

（2）明确推进管理领导小组的工作职责和分工。

（3）确定和建立项目的运作、督导、考核、评价和奖励标准。

（4）保障精益六西格玛管理的顺利导入、持续推进，完善与现有管理体系的融合与统一。

二 建立精益六西格玛推行程序规范过程的基本问题

当企业确定要导入精益六西格玛管理，就会遇到以下诸多问题。

（1）推进精益六西格玛，要建立哪些制度？

（2）如何计算精益六西格玛项目的财务收益？

（3）如何选择精益六西格玛黑带、绿带种子？

（4）如何管理精益六西格玛黑带、绿带资格？

（5）如何制定项目组的激励措施？

（6）如何管理和评价项目？

……

对上述问题，企业如果在导入初期就能切合实际地制定相关的程序和规范，就能消除项目运行中可能出现的问题偏差，还能加速精益六西格玛管理变革的顺利实现，做到“有的放矢”，同时为其长期、深入地推行打下坚实的基础。

三 建立精益六西格玛推行程序规范的基本流程

在建立推行程序和规范时要考虑精益六西格玛的识别宣传和制度建设两大系统，包含的内容如图 6-1 所示。

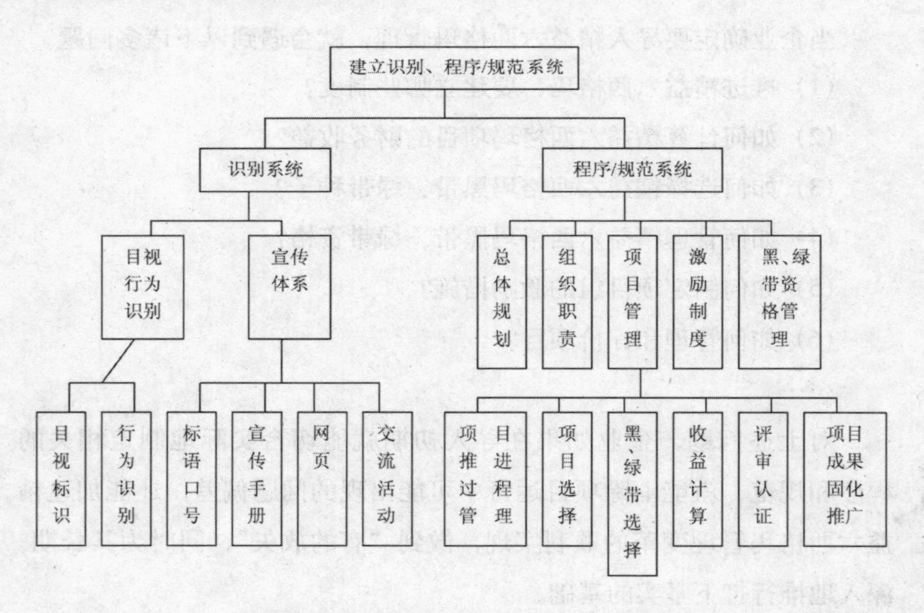

图 6-1 精益六西格玛识别、程序／规范建立路径

精益六西格玛识别系统的创建，是导入初期不可缺少的策划活动之一。它将成为精益六西格玛知识理论普及和宣传的重要手段。为了使识别系统与企业形象和文化浑然一体，有必要对其进行规范。

识别系统可从目视行为标识、宣传体系两方面构建规范。目视行为标识包括：精益六西格玛标志、目视展板、项目汇报资料格式、活动行为用语、活动纪念品标志、标识、日常工作行为等。

宣传体系包括：标语口号的征集和统一、精益六西格玛基础知识、宣传手册、电脑屏保、学习交流和网页平台等。

程序、规范系统重点在创建相关的管理制度。这些制度包括：精益六西格玛推行工作总体规划，推进领导小组各级人员的职责与分工，项目如何选择，黑/绿带种子的选择标准，财务收益，计算管理办法，项目进度和质量跟进办法及评价标准，项目评审程序，黑/绿带资格证的颁发与管理，项目成果固化与推广管理办法，项目激励制度等方面。

四 中国企业在建立精益六西格玛推行程序规范时的选择

目视行为识别系统的策划和构建是推行精益六西格玛不可缺少的内容之一，也是营造企业文化氛围的重要组成部分。

有些企业在推行之初设计出适合自己企业特色的相关“徽记”、PPT 汇报资料的模板、印有专门标识的服装等。将其作为活动展开的象征性标志，用于激发全员参与变革活动的热情和积极性。也有些企业将关联内容提炼和精简作为活动的行为准则等。记得在一个企业的推进办公室看到这样一条警训："不会使用精益六西格玛就不会思考！"可以看得出他们对精益六西格玛所带来的成效的认知度极高和把其引用于工作的决心和自信心。当我在经过这个企业的楼梯时，迎面走来一个身着印有"Leansigma"标记T恤的员工，我就问他："你穿的T恤怎么与其他人不一样?"他说："这种T恤只有获取认证资格的黑带或绿带才能穿，一般人没有。"我接着问："那你穿这样的T恤有何感受吗?"他说："刚做成了三个项目，领导在授带表彰大会上颁发的这个纪念品，并要求我们今后在工作时要穿着，以激励自己的工作。开始穿上感觉自己肩负的压力太大，有点别扭。现在感觉很习惯了，因为穿这衣服不但每天鞭策着自己的工作，而且也提高着自己的工作能力，感觉更有荣誉感，很受大家的尊重。目前有很多人争着做黑、绿带，还想穿这衣服呢！"这些行为标识一旦活用好，对组织和推进工作也有着极好的促进作用。

宣传体系的建立和完善是推行精益六西格玛的又一保障活动。企业要导入一个全新的理念或行为模式，一开始就要做好宣传和造势工作。宣传、造势的目的在于使全员对新理念或行为模式的基本知识有一个初步的认识和了解，通过知晓使每一位员工都能积极的投入和支持变革活动的推行。

有些企业的宣传体系在导入初期设置有相关标语、口号、电脑屏保、网页、宣传展板等。在项目运行到中期制作基本知识宣传手册，发放到基层员工，使其自学与了解。到项目运行末期，筹建交流平台(如精益六西格玛俱乐部、精益六西格玛论坛、项目成果交流会等)。也有些企业在导入初期，将以上宣传体系与原有其他体系归并，与项目运作并行同步实施。随着这些宣传活动的深入推动，该项工作也逐步在企业蔓延并深入人心。

通常能够导入精益六西格玛的企业都有了一定的管理基础，同时也已经引入了较多的管理体系，如ISO9000、ISO14000、TS16949…… 在创建相关程序、规范时，应以利于工作有效开展为原则，防止因程序过多、过繁而降低工作效率。

作为中小型企业，创建这些相关制度时可适当合并、减少程序规范的数量。比如，可将识别系统规范、各级组织职责等合并到总体规划制度中去。将项目选择、黑/绿带种子选择、项目进度和质量管理、项目评审认证、项目成果固化与推广等合并到项目管理制度中去；将项目财务收益计算、黑/绿带资格管理、激励制度等合并到一个制度中去。

作为大型企业（或集团企业），在创建这些制度时可适当多点，但要确保制度的可操作性，以便于在企业普遍适用。

目前推行精益六西格玛的企业驱动力各有不同，有的是客户要求，有的是经营领导要求，有的是企业本身生存的需要。驱动力来源不同，推行定位与制度建设也就不尽相同。我曾经接洽过一个这样的企业，这个企业是MOTO的供应商，当时MOTO提出要继续合作，并建议该企业导入精益六西格玛管理，以提高生产效率，加快交货周期，确保产品质量的稳定性和可靠性。迫于客户的压力，这个企业就招集了董事会议，董事们怀疑花几十万元导入精益六西格玛管理的必要性，后来他们带着疑问派了一些人员去外部学习，自做了三个项目，培养了三个黑带。通过一期项目运作，董事会的经营层觉得精益六西格玛管理是一个行之有效的管理方法。此刻他们才真正明白了MOTO的良苦用心，于是董事会决议今后将精益六西格玛管理纳入经营计划，长期实施运作。这时他们的马总犯难了，原来外训培养的三个黑带已经离职，而之前既没有指定明确的机构对黑带进行管理，也没对此项工作形成史料和制度。现在要作为经营战略专项任务实施，到底怎么操作？后来马总找到了我们。经过了解才发现，该公司以前是打算做几个项目应对客户的要求，所以也没有过多考虑推行制度建设事项。

其实马总遇到的问题在中国企业大量存在，有制度但不具可操作性，做的多但很少形成史料或制度程序，而致使后来人又得重复之前的工作。这一点美国很多企业做得很好，在一家美国公司，即使上至总经理，下至文员全部辞职，安排一批新人到这个公司，他们也很快能胜任工作，使这个公司营运下去。原因就是公司制度程序等很规范，只要你按照原有的制度执行就不会出现大的偏差。因此，精益六西格玛管理的导入，能否持续地成功推进，相关制度程序建设也是关键影响因素之一。

五 中国企业在建立精益六西格玛推行程序规范时存在的偏差

精益六西格玛管理的导入是从企业的精英人员培训开始，它是一种精英文化，比一般的管理要求更高，要想使其深入开展就必须创建适合自己企业特点的相关制度和“游戏规则”。

很多企业在导入初期对其总体规划构建不清。这导致了项目运作一期或二期后，还是无从下手，结果精益六西格玛管理在该公司像一阵风一样“一啸而过”，并无良好的结果。比如，有些企业导入精益六西格玛之后，无明确的MBB培养规划，企业没有自我造血能力，永远离不开咨询公司的依赖指导，没有行之有效的激励制度，使企业员工不愿参与项目运作，绿带资格管理无章法，使其被培养起来后大量流失等等。

我在一个大型国有企业做咨询时，一期项目开始实施选项、选人，很多人抱着“中庸之道”的想法，“多一事不如少一事”，很久不能选出合适的项目和人。后来做了许多调查，有的人想：“做项目对我有何好处？”有人想：“我日常工作太忙，太麻烦……”针对这些调查问题，企业领导立即指令推进办公室优先起草“精益六西格玛奖励办法”。奖励办法中提出了三点：第一，今后中、高层领导干部晋升，要求至少具备绿带以上资格；第二，黑带、绿带在介人项目期间每月给予占基本工资30%比例的津贴补助；第三，项目组成员可获取项目年财务收益10%的提成。这个激励制度一经出台，情况与之前就大不相同，很多人踊跃提出项目问题，积极报名。这时有些个别领导又提出异议，工厂只考虑奖励，是不是花的钱太多？他们的厂长说：“只要大家能积极参与，真正帮助企业解决实际问题，能够增效，工厂将受益的是大头，项目组的提成是很少的一部分，我们不应该眼红。”这个企业一期完成项目25个，获取年财务收益1200万元，目前，他们的精益六西格玛项目正在如火如荼地持续推进中。

很多企业在推行项目时，就精益六西格玛项目的财务收益计算提出了众多异议。在创建项目财务收益计算制度时，要注意精益六西格玛项目财务收益计算与通常的会计报表计算有所不同。精益六西格玛关注的是劣质成本，这些劣质成本大部分在日常财务报表未作显示，未作考量。项目财务收益应本着谨慎的原则：不多算、不少算、不重复计算。可参考财务数据计算项目直接经济效益。对潜在、远期的收益，在可提供确定数据下予以确定。项目收益与财务报表收益可能存在着实际差异，但应公正确认和认可项目的改进收益。比如，某一项目改善措施中提出，通过管理流程优化，使一管理人员由每天工作8小时降至4小时，但因无其他工作安排给这个人。从财务报表显示，这个人的工资没有减少，但从项目改善角度来看，其工作时间减少了一半，因此要认可其改善效益。当然要从管理分工角度给工作量，减少人员安排，追加新的工作，使其真正创效。

关于企业内部MBB的培养问题，除推行规划、明确目标外，企业还应从导入开始，就要有意识的发现和培养自己未来的MBB。可通过日常扩展培训、项目辅导、评价环节多加锻炼MBB种子，在相关规范中应明确提出。

在进行黑带、绿带资格认证评价时，其中有一项评价标准要求是：黑带完成项目年财务收益须在20万元以上；绿带完成项目年财务收益须在10万元以上。在认证制度中规定时，要结合自己企业的特点适当调整。尤其是产品品种多、数量极少的企业要注意这一点。

推行程序和规范初建期间，针对不同行业，不同企业可能会遇到更多问题，可在项目运行一期、二期后不断完善和修改。

六 中国企业的特点、背景分析

能够导入精益六西格玛管理的企业，通常都是一些优秀企业或者是想在同行中打造一流竞争力的企业。相关推行制度的创建“没有最好，只有最合适”，这些要结合自己企业的实情来操作。

精益六西格玛管理对于中国企业而言正处在尝试阶段，在制度创建要求的细节上、在运作模式上，切忌不加消化地照搬，也要避免形式主义。

我之前应邀参加了一个企业的项目评审，他们推行精益六西格玛管理已有两年，制度也建立了不少。但在项目评审时发现，规范中的评价标准很难操作，有些项目选题与选题要求不符等。这时就感觉所建制度是“名存实亡”了，它根本不能有效地指导工作。

制度和规范的建立是为了更好，更快捷地实现工作目标，不在于形式，不在于多少，能保障工作顺利开展的制度才是有效的制度和规范。

七 建议与忠告

◎ 相关基本程序规范参考

精益六西格玛推行总规划与总目标

精益六西格玛管理领导小组工作职责

精益六西格玛项目考核及奖励管理办法

精益六西格玛黑带、绿带资格考核和认证管理办法

精益六西格玛项目进度控制与评估管理办法

精益六西格玛项目评审标准

精益六西格玛项目经济效益核算办法

◎“人治管理”越管越累，“法治管理”越管越轻松。

◎善于总结，并能将过去的经验形成史料的管理者是卓越的管理者。

◎有法可依，有法必依，执法必严。

◎没有规矩，不成方圆。

步骤 7

精益六西格玛项目及人员选择

"将能而君不御者胜。"

——◎ 孙子 ◎——

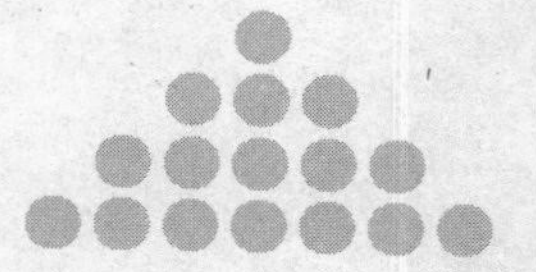

选好合适的项目和团队成员是精益六西格玛管理导入成功与否的核心保证，选对项目和人员意味着项目已经成功了50%。选项和选人是在企业现场诊断分析结果出来之后进行的一件事。通常将制约企业发展的瓶颈问题纳入选项范围，优先考虑立题。下面我们就具体来探讨如何选项和选人。

一 精益六西格玛项目及人员选择的目的

项目及人员选择目的包含以下几个方面：

(1) 依据诊断结果，找出制约企业发展的瓶颈问题，通过筛选、分析确定出合适的精益六西格玛项目。

(2) 依据所选定的项目，确定出合适的项目组成人员及项目组长(经理)。

(3) 结合项目涉及的流程分布区域（范围）和人员，组建合理的跨部门、跨职能的成员团队，明确职责和团队的运作方式。

二 精益六西格玛项目及人员选择面临的基本问题

在初次导入精益六西格玛管理时，经常会遇到以下问题：

（1）项目如何选定，应从哪些方面着手？

（2）先选人还是先选项？

（3）选项有哪些具体要求？

（4）选人有哪些具体要求？

（5）黑带项目与绿带项目如何区分？

（6）项目运作与日常工作如何兼顾？

（7）项目团队由哪些人员组成较好？

（8）项目选定需要什么样的审批程序才可立项？

三　精益六西格玛项目及人员选择的基本流程

选项、选人及组建团队的基本展开流程如图 7-1 所示。

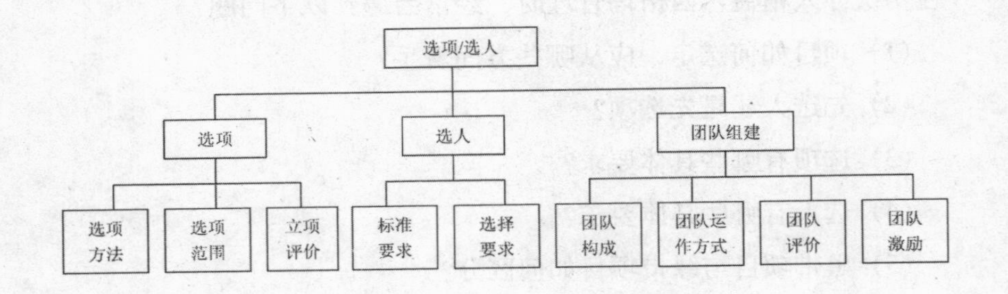

图 7-1　项目及人员选择路径

选项环节可以从选项范围、选项方法、立项评价三个方面进行考虑。

选项范围要从选项视野、导入意图及切入点等角度考虑。通常出现的情况有两种：一种是在企业的生产制造或业务运作系统切入试点，另一种是在企业全面展开。前者多为大中型企业选用，后者多为小型企业选用。如从生产制造或业务运作系统切入，选项时可针对客户抱怨的历史记录及企业内部经营的质量、成本、交付期等方面存在的瓶颈问题入手，有针对性地选择项目课题。如在企业全面展开，可结合企业现有的经营规划目标指标、客户抱怨问题、内部经营瓶颈问题、现场制约瓶颈问题等方位着眼。

选项通常从战略分解、自下而上、行业标杆三个方面着手展开。所谓的战略分解法就是日常所说的自上而下的选项，多由高层经营领导或倡导者发起项目，是结合企业发展规划、经营计划的要点进行逐层分解而产生的项目。自下而上的选项就是结合日常工作业务执行过程中遇到的制约障碍问题或目标指标、难以完成的瓶颈问题进行选择。行业标杆法选项是基于同行业在某方面做得优秀之处而提出自己的项目课题，这类项目初选数量不多，主要是为了与同行竞争市场份额或订单量。

曾经有个企业在导入精益六西格玛初期选项时，采用自上而下、自下而上的混合选项海选了很多项目。其中，有个题目叫“缩短××刀具的准备时间”，从立题来看，项目较小。当时的情况是，刀具准备时间确实较长，但机加任务并不满负荷。将其改善自然有好处，但这并不是眼下生产加工的瓶颈问题。这种项目在评价时，要了解实际工厂的情况，从问题本身来看，可以采用常规改善的方法得到效果，就没必要立题为精益六西格玛项目。因为它不是制约企业生产能力的瓶颈问题，需要解决问题的难度也不大，系统收效较小。从选项有意义和有价值角度来看，必要性较差。还有个项目叫“提高企业的销售收入”，这个题目又非常之大。从问题本身看，它涉及企业的方方面面，要在一个项目内解决可能有困难，立项也不合适。这样的问题只有对销售收入指标进行分解，由多个项目组共同来支撑才能完成。这类项目范围太宽，受内部经营和外部社会等多重因素影响有不可控制之风险，并且在6个月之内难以完成。

所以在选项评价时，可结合企业的实际情况，从选项的必要性、可行性等方面进行权衡和分析，把企业和客户关注的瓶颈问题选择出来，最终通过问题的解决使得企业获取效益，双方谋求多赢的机会。

针对选项的必要性和可行性确定项目后，接着要做的事就是对项目在未来运行过程中可能产生的可预见风险进行深入分析和提出防范预案。项目风险包括：项目组成员在参加培训学习、实施项目、项目辅导期间因日常工作、出差等出现的耽误和脱节；各种技术、资源配置支持不充分；市场订单减少；技术或试验难关等。风险评判可从风险发生的严重度、发生频率、发生可检出度三方面考虑，其中单项风险发生严重度较高时，也应予以考虑预防该风险。

我曾在某一企业做咨询时，这个企业工作任务紧张，与外部联络、沟通交流特多。每个阶段培训、辅导总会有人因出差、参加会议等原因不能列席，中途出现信息传递失真。在项目团队运作项目时，项目组就运行的非常艰难。其实这种风险在立项时就要一并考虑和预防，而不是在项目运行中才来考虑。有的所选项目属于世界级或行业难题，带有攻关的特点，这类项目势必存在着技术难题，要立项研究就要从技术配置和技术能力方面提出风险预案。

选人可以从选择流程标准和要求两方面把握。这里所提到的人员选择主要是指黑带、绿带种子的选择，这些黑带、绿带种子基于已经选定的项目来确定。

人员初选常见的有毛遂自荐、领导指定、竞标三种方式，初定人员之后要通过筛选、评价、面试等环节最终确认。通常先是结合被选人所属部门及人力资源部门意见进行初选，再结合推行领导小组意见和评价筛选，最后由推进组织机构与咨询老师共同测评与面试产生确定。

精益六西格玛管理是一种精英文化，培养人的目的在于培养未来的企业领导人和骨干力量，因而对选人有着较严格的要求标准。

所选的黑、绿带种子应备具备以下能力：

◎ 要有一定的工程背景，就是要求对企业的现有技术和工程状况，经验相对比较丰富，相应业务流程要清楚。

◎ 协调沟通能力要强，在遇到跨部门的问题时，能够良好沟通、协调解决。

◎ 团队领导能力要强，能够驱动团队的力量来解决问题。

◎ 培训辅导能力要强，能将所学的东西在消化、吸收后，对团队内其他成员进行培训和工作指导。

◎ 计算机操作技能要强，能应用计算机软件，也能指导团队其他成员。

◎ 思维敏捷、灵活，能及时洞察和协调处理问题。从以上能力要求可以看出，黑带、绿带种子培养的是技术与管理结合的复合型人才。

选好合适的项目，选好合适的人之后，就需要建立强有力的团队。精益六西格玛管理特点强调发挥团队力量。古训说得好，“三个臭皮匠，赛过诸葛亮”。下面我们就来看看团队建设。

在团队建设中要注意团队构成、团队运作、团队评价和团队激励四个方面。

精益六西格玛团队构成人员来自不同的部门和不同的岗位，团队构成是由管理层和员工组成的一个有机的共同体，该共同体合理利用每一个成员的知识和技能协同工作，解决问题来实现共同的目标。

团队运作要明确目标、工作计划、做事的程序和方法，每个角色的职责分工和权限等事项。团队内部或与其他团队要进行定期有效的交流和沟通，这也是团队快速成长的有效途径，同时也体现出借鉴学习的高效性。

团队内部应定期实施自我评价，及时总结得失体会，及时纠偏，以确保团队工作顺利开展。必要时可邀请推进组织人员参与，多听取倡导者和团队外部评价意见。

在开展工作的同时，项目组长（经理）、倡导者、推进组织应给予适当的团队激动，以充分鼓动团队向上、积极实施项目的热情和自信心。激励可从精神、物质等方面体现，比如，口头表扬、突出人物事件在目视展板揭示、授予荣誉，发放有意义的纪念品，组织外出参观和交流，野外活动、工作餐聚会等。

总之，团队组建要全面考虑目标、人员、定位、权限与计划五大要素。充分发挥、运用团队力量是保证精益六西格玛项目成功的重要保证措施之一。

四 中国企业对精益六西格玛项目及人员的选择

选项和选人是精益六西格玛成功推行至关重要的要素。在选项、选人时要舍得时间和精力的投入，从海选到筛选，再到最终确定的每个环节都需要仔细斟酌。

企业在初期选项时都会感觉茫然，有点“老虎吃天，无从下手”的感觉，这也很正常。核心把握所选项目是否与企业当前的经营发展战略相吻合，是否在解决企业的瓶颈问题，问题解决后对企业有没有效益提升的帮助，所选问题能不能在短时间内得以解决，解决问题的支撑数据是不是很充分等，这些需要全面考量和论证。

很多企业在首次导入时，容易忽略选项、选人的重要性。企业为了快速导入、往往通过简单提议或领导指定几个项目和人员就开始展开工作，但在后期项目运行过程中实施起来困难重重，严重的甚至导致项目失败。

去年我在一个机械加工企业做咨询，当时选择了12个项目，到后来做成了10个项目，有两个项目效果不尽如人意。就这两个所谓的失败项目究其原因：一方面是选项时未深入对其可行性和运作风险进行分析、评估；另一方面是组建项目团队时纳入的人员不合理。这两个项目都属于行业难题和技术难题，其中严重影响其成败的原因可能有上百项，项目范围太大。当时我建议对这类项目进行分解，分成若干小项目逐一突破，最后整合即可。但推行单位领导的意见是：客户对此问题要求急需解决，必须尽快拉入一期项目，组建团队来分析、解决。在急于求成的情况下，项目被确定了，团队组建也草草了事，没有把设计人员和核心技术人员纳入团队，里边还安排了一些新毕业的大学生。这种急躁的做法必然致使项目失败。

相反地，有些项目选择又太简单，很快能用日常方法解决的问题非要选入项目，穿上精益六西格玛的“外衣”，给他人造成错觉和误导，被不明白之人说成“精益六西格玛是把简单问题复杂化”。这些问题都是我们在选项时要甄别和规避的。

作为一期导入精益六西格玛管理的企业，除了要考虑项目成功，有财务收益外，还要考虑通过一期项目导入将为后续工作深入展开埋下鼓舞人心的“种子”。因此，一期项目选择不宜过复杂、过大，一定要确保成功和有效益，以便于激发起后继参与项目人员的热情，使得变革的星星之火快速形成燎原之势。

选对项目（我们叫它“做正确的事情”）才算把精益六西格玛的“靶子”树立起来。正确的事情还要靠合适的人来完成和实现。如何选对合适的人就是我们接下来要思考的问题。

选人时一定要依据所选项目把合适的人纳入团队，在有些企业推行时，就有个别项目组把不合适的人纳入做黑带、绿带种子来培养，同样不能很好的帮助企业解决实际问题。

曾经有这样一个企业，人力资源部经理通过每个月的员工工资分析表发现，生产一线员工每月的工资发放总额波动变化很大，经确认标准工时差异比较明显，就倡导发起了“提高工厂标准工时的准确率”这一项目。后经评价确立为精益六西格玛项目，并提出该项目的项目组长由人力资源部经理担任。经过三个阶段的运行，发觉项目组长在标准工时制定和分析方面对业务不熟悉，不能很好地指导和带动项目，致使项目组内成员也有点丧失信心，这时推进办便提出更换项目组长。从具体项目来看，问题现象发现于人力资源部，工资计算也在该部门，但从问题研究业务方面看，这个项目组长就要选取对标准工时制定业务颇有研究的人员来担当，人力资源部经理仅可作为项目团队成员来参与。从这件事看出，项目组长的人选一开始就要选好，要避免中途易人。

项目组长选好后就要考虑组建项目团队，精益六西格玛项目是依赖于团队的力量来实现的。团队成员一般由倡导者、黑带或绿带、流程专家、流程所有者、黄带等五类人员构成，通常控制在10人以内。其中，倡导者也叫项目发起人或项目明星，多在领导岗位，有一定的资源调配和管理协调能力；黑带或绿带多为项目组长，黑带项目内有绿带支撑；流程专家是指对项目所涉及的固有技术（或业务）非常精通的人；流程所有者是指项目问题涉及的发生源（或流程区域）的管理责任人；黄带通常是一些相关的支持队员。

我在某企业咨询时，有一个项目在分析阶段发现了与设计、供应商相关的问题，但项目团队组建之初，没有纳入设计、供应商的相关人员作为项目组成员，导致项目运作受阻。后来通过沟通，重新补充了设计、供应商关联人员，这个项目才得以成功完成，但中途费了很多周折。因此，团队组建之初需要根据项目问题可能漂移的区域，把相关人员尽可能地纳入团队，以使后续工作顺利进行。

只有认真把握好选项、选人和团队组建的每个细节，选出合适的项目课题和黑带、绿带种子，精益六西格玛项目成功推行才有希望。

五 中国企业在进行精益六西格玛的项目及人员选择上可能存在的偏差

从选项的视野范围来看，有针对性的选项一般比较具体，项目相应好选择；而全面选项，因涉及的范围、部门很多，项目不易选择，尤其是业务管理部门，就无从下手。不知该选择哪些项目？遇到此类问题，业务部门可从经营战略绩效方面着手来思考选项。这样选出的项目可能是其他部门的问题，最终在谁来带领完成这个项目时做好选人工作即可。表7-1仅供参考。

表7-1 选项着眼点

部门	指标测量	指标名称（选项着眼点）
市场部	市场份额指标	销售增长率、市场占有率、品牌认知度、销售目标、完成率、市场竞争比率
	客户服务指标	投诉处理及时率、客户回访率、客户档案完整率、客户流失率
	经营安全指标	货款回收率、成品周转率、销售费用投入产出比

（续）

生产部	成本指标	生产效率、原料损耗率、设备利用率、设备生产率
	质量指标	成品一次合格率
	经营安全指标	原料周转率、备品周转率、在制品周转率
技术部	成本指标	设计损失率
	质量指标	设计错误再发率、项目及时完成率、设计修改次数
	竞争指标	在竞争对手前推出新品的数量或销量
采购部	成本指标	采购价格指数，原材料库存周转率
	质量指标	采购达成率、供应商交货一次合格率
人力资源部	经营安全指标	员工自然流失率、人员需求达成率、培训计划完成率、培训覆盖率

在选项方法上，有时也会出现一些偏差。战略分解法选项往往选出的项目偏大或有难度，这类项目要适度进行分解，将其“化整为零”来逐一突破。例如，某生产企业选择了“提高生产计划性”这一项目，生产计划性包含的构成内容很多，如劳动定额、工程不良率、报废率、原材料定额、平均计划达成率、生产效率、设备能力、生产管理、组织水平等。这样的课题在3~6个月要研究清楚就有困难，相对题目太大，就需要分解成若干小项目来完成。自下而上的选项会出现项目偏小或偏简单的情况，这类项目就有必要将若干小项目进行合并立题来解决。

在选人方面，经常会出现对人员的要求标准偏废现象。有时偏重专业技术，但在管理方面考虑不足，选去的项目组长不能很好的驱动团队解决问题；有时偏重学历，这样在解决问题时可能会缺乏技术经验或管理经验，同样也不能胜任团队的驱动工作；有时偏重领导，因在领导岗位忙于日常事务工作，项目运作中投入时间和精力不能保证，也会影响项目实施效果。在选人时只有进行综合考评，才能选出相对合适的人员来。

在团队组建时，在人员角色搭配上也会出现偏差。精益六西格玛项目团队解决的是跨部门的问题，团队也一定是由跨部门的人员组成。在组建时，有的项目组出现角色不全的现象，导致项目运行中途难以协调和解决的问题出现；有的项目组为了凑人数，纳入与课题关联不大的“闲人”。使其不能很好的协助解决问题，反而造成负面影响；有的项目组以技术专家为主，变成少数人做项目，削弱了团队的力量；有的项目组出现“闭门造车”的现象，不愿与其他项目组进行交流、沟通，致使项目运行困难重重或项目质量差……

以上在选项、选人和组建团队时出现的问题，在项目开始运行时都值得我们鉴别和判定。

六 中国企业的特点、背景分析

中国企业受传统文化和思想的影响，企业员工自发提出问题、主动解决问题的习惯有待培养。大多数企业都是领导提出要求或发出指令，下属根据上司要求来执行和实现问题的解决和目标实现。因而在选项之初，感觉问题很多又说不清楚，不能尽快选择出合适的项目。这就要求通常选项时多采用混合模式来海选项目，最终再优选。

黑带、绿带种子的选取，在很多外资企业，大多都是由专职黑带来运作精益六西格项目。但在中国企业受传统管理模式和工作岗位设置等局限，不可能马上就设置专职黑带岗位。就需要从中国企业实际出发，在导入初期可使黑带、绿带与原岗位工作兼顾，我们称之为兼职黑、绿带。当项目推行 2~3 期后，企业根据实际情况可设置专职黑带岗位，使推行工作更具成效。

在中国企业各有各的文化特点，有的企业注重质量第一，有的企业注重技术第一，最终导致精益六西格玛团队人员组成要么是质量主导型、要么是技术主导型。团队构成人员的角色不能偏废，要基于所解决的问题全面考虑。

七 建议与忠告

◎ 选择比努力更重要。

◎ 问题就在日常业务流程中。

◎ 精益六西格玛的特点：正确的人员运用正确的工具于正确的项目。

◎ 先选项目，再根据项目课题需要选取合适的人。

◎ 项目选择和评估上要严把财务分析关。

◎ 公司里最优秀的人专注于问题的解决。

◎ “众人拾柴火焰高”。

步骤8 精益六西格玛推进过程管理

"以虞待不虞者胜。"

——◎ 孙子 ◎——

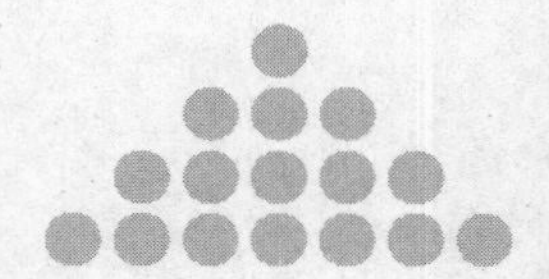

成功实施精益六西格玛项目的经验告诉我们一个无可争辩的事实：没有卓越的过程管理不可能取得成功！精益六西格玛推进过程管理包括培训、项目运作、项目辅导/评审三个环节的管理和控制。

第一部分 精益六西格玛推行过程管理的培训环节

精益六西格玛的导入是通过培训来实现的，它是包括对企业的高中层管理、核心人员（黑带、绿带）、基层三个层次的人员的培训。通过对倡导者的培训，让公司高层对六西格玛推行作更好的策划、提供资源并进行控制和管理，构建一个良好的平台让精益六西格玛在公司长久地推行下去。当然最重要的培训是针对黑带、绿带，特别是黑带的培训，让他们系统地掌握精益六西格玛理念、方法和工具并实践这些理念和方法。对基层的培训同样重要，他们也要掌握一些基本的精益六西格玛方法和工具。没有基层人员的支持，精益六西格玛想要成功推行是比较困难的。

黑带与绿带的培训是精益六西格玛培训中投入最多，耗时最长的培训，对他们培训进行有效的控制和管理是本节要重点讨论的问题。

一 培训的目的

只有通过系统的培训才能在企业形成学习精益六西格玛的氛围，才能在较短的时间内掌握精益六西格玛的工具和方法，精益六西格玛项目成功实施才成为可能。而培训效果的好坏将直接影响项目成功与否。因此，培训的目的是为企业导入一种全新的理念和方法，培养一批系统掌握精益六西格玛思想和方法的既懂技术又懂管理的复合型人才。并通过学员的项目实践为企业解决一批影响经营绩效的问题，创造可观的财务收益，

二 培训中的基本问题

黑带与绿带培训采用 “行动学习法”，即一边学习，一边做项目。“行动学习法” 效果是最佳的，黑带们通过 4 ~ 6 个月的学习和项目实施，最后，项目达到预期目标，学员也系统掌握了精益六西格玛方

法和工具并能将其应用于自己工作业务改善中。但是培训过程关于培训教师的选择、培训教材的选用、培训方式、培训时间和地点的安排、培训过程中的互动、培训后的效果跟进等一系列活动都直接影响培训效果，一般可能面临如下主要的问题：

（1）培训教师是选择教授型、经验型，还是教练型？

（2）培训教材是针对本公司开发的，还是通用的？

（3）每一期培训的黑带人员数量多少为好？

（4）培训的时间怎样安排为好，是脱产培训还是八小时工作外培训？

（5）选择的场地是封闭式还是开放式？

（6）是否一定要带项目学习？

（7）为了节约培训资源，几个人共用一台电脑怎样？

（8）培训教材使用电子版还是纸质版？

（9）培训过程是否需要考勤？

（10）学员要参与项目实施，还需要理论考试吗？

（11）学习时把这些学员交给老师，还是需要一个部门来协助培训和项目跟进？

（12）需要进行培训评估吗？

……

三 培训的基本流程

培训基本流程如图 8-1 所示。

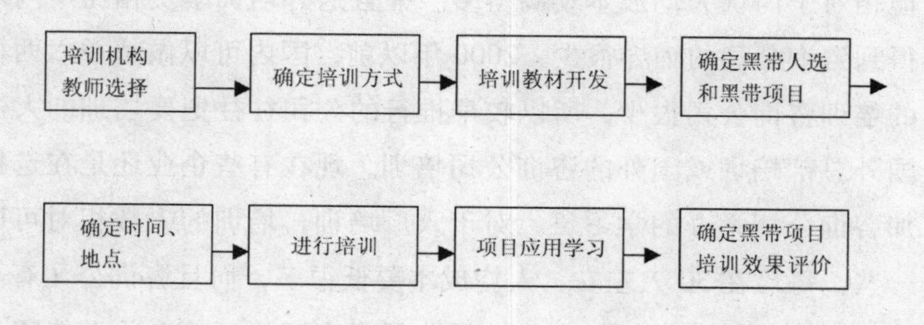

图 8-1 培训基本流程

四 推行过程管理中培训环节的选择

1. 培训机构和教师的选择

一般公司在确定导入精益六西格玛后，首先选择培训机构和教师。培训教师一般分为三种类型：第一类是精于理论但缺乏实践的教授型；第二类是有在企业丰富的实践经验但没有系统的理论研究，即所谓经验型；第三类是既有在企业长期实施的经验同时在理论上也有系统而深入的研究，即结合了前面两种类型的优点，称之为教练型。教练型老师是最佳的选择。在本书步骤三中详细谈到了如何选择培训合作伙伴，此处不再赘述。

2. 培训方式的选择

公司选定培训的方式有两种：一种是送外培训，另一种是入厂培训。送外培训的送外培训人数一般较少，所以总成本相对要低，但相对于内训人均成本要高得多。并且送外培训学员相比厂内培训得到咨询公司的辅导很少。2000 年以前，国内可以做精益六西格玛的培训咨询公司很少，所以较早推行的公司往往把要培训的人送到国外总部培训或国外的咨询公司培训。现在有些企业还是在选择参加咨询公司举办的学习班。对于入厂培训，培训的人数相对可以多一些，每班在 30 人左右，人均成本要低很多，而且咨询公司有一套精益六西格玛的推行方案。如果公司想真正推行精益六西格玛，建议选后者。按第一种方法，培训的只是几个黑带，是无法在企业推动精益六西格玛的。

3. 培训教材的选择

国人不习惯直接使用国外培训教材且难以理解。我们的咨询团队自己开发了几套教材，分为服务行业和制造行业的培训教材，每种又分为精益六西格玛改善教材和设计教材。针对具体公司情况和行业不一，实施前还进行二次开发，为企业定制培训教材。量体裁衣式的教材当然最好。

4. 培训人数的选择

首次培训人数的选择同企业推行策略有关。如果是公司想体验精益六西格玛，可派一两个人外出培训，但不要指望就凭这两个人回公司推动精益六西格玛，哪怕他是公司总经理级人物。

有的公司送出 10 人左右参加培训，他们来自公司的不同职能或事业部门。这些人员回去后，从事专职的黑带，会进行较多项目的改善，在公司里能形成较大的影响。这些人员就成了公司的第一批种子。但是超过十人送外培训的成本很高，足以把咨询公司请进来，为公司定制一个班的培训。

入厂培训人数视公司规模和推行范围而定。但据我们服务过的顾客情况来看，企业的业务工作都很繁忙，要考虑不能影响正常工作。绝大部分公司想先通过试点再推广。所以，首次培训人数不会太多，中小型企业约 10 ～ 20 个黑带，大型企业一般也就 30 个黑带左右。如果是大型集团公司，则可能高达 100 人左右。如康明斯中国区域工厂第一期就不到 20 人，美的第一年启动项目时，也只有 30 多人参加培训。

企业会根据自己的情况，估计要培训的黑带、绿带的数量和实施改善的项目。同咨询机构洽谈和签订合同的时候就要确定黑带的培训人数，黑带的培训数量同培训费用有直接关系，当然也同项目实施数量有关，一个黑带领导一个项目组，而项目实施数量又同收益相关。我们同顾客签订合同时，就会承诺实施项目数量、培训合格黑带人数和项目总体收益。

5. 培训时间和地点的选择

对于送外培训的时间和地点一般是由咨询公司统一安排，企业基本上不需要考虑，只是把自己的要培训的人员按时间要求送到培训的地点即可。

咨询公司进厂培训就要考虑和选择培训的地点和时间，在学习时间的安排上，一般的公司选择的是脱产培训。但是有些公司不是这样，他们是在八小时工作外进行的。学员们白天工作，晚上再参加学习，这种效果比脱产学习会差得多。由于精益六西格玛培训信息量多，又是成人学习，加之学员白天辛苦一整天，晚上往往很难保证充足的精力，就是教师讲得再生动活泼，学员两只眼睛还是要打架的。当然偶尔安排到晚上是可以的，但长期安排在晚上，就不妥了。

在地点的选择上，咨询公司往往会选择在一些较高档的酒店来进行培训。学员的居住、饮食、学习都比较方便。居住的房间内舒适，还有网络可以收发邮件，与单位联系也方便。酒店可提供备有较好的音响、投影设备的环境幽静的培训室。这些远离了工厂、单位的培训属封闭式，相对干扰少，学习效果会好些。

咨询公司入厂培训的，有些公司会选择封闭式的培训。地点选择在一些离开工厂但又不是太远的、环境安静优美，同时具有培训条件的地方，譬如休闲胜地。这些地方有好的会议室可供培训，服务质量很好。晚上在旅馆里又有好的环境便于复习和预习。学员离开工厂学习，较少有工作上的事情打扰，学习的效果很好。我们去年在成都的一个客户曾选择在一个足球训练基地培训。在没有训练的季节，价格也相当便宜。那里的培训条件相当不错，休息的时间里，可以在林间绿草中散散步。学员们感觉是在度假，既休息了，又学习了，学习的效果相当好。学员确实也都非常感激公司里能给予他们这样好的学习条件和机会，无一不认真学习。

有些公司采取半封闭式，就是租用在工厂附近的单位或学校等的电教室进行培训，在这些地方的培训条件会稍差，投影仪、扩音设备有时效果不好。有些公司就直接选用自己工厂的培训教室或会议室，这是最低成本的做法。这样会较多发生学员迟到早退，中途请假的现象。甚至是有些工厂的人员找到培训室来谈工作上的问题，这些都会严重影响学习的质量。

6. 其他培训资源的选择

由于精益六西格学习离不开 MINITAB 软件，因此，电脑是学员必备的工具，最好是人手一台电脑，MINITAB 软件是必不可少的。

7. 培训过程控制的选择

培训过程中企业是否要严格的管理？还是交给讲师就行了？从我们过往的经验来看，企业推进办安排专人对培训过程进行严格的控制和管理，培训效果较好。例如，要结合公司培训制度严格对参训人员考勤，不考勤会对受训人员少一份约束。除了结合项目讨论外，培训中间还会布置一些练习，最后还得进行理论考试。有的学员说："老师，只要我们项目能成功，理论考试就免了。"不行。为什么呢？尽管所有学员都要通过项目实施来深入理解和应用所学的工具和方法，理论考试似乎可有可无。但无论是从检验学员对工具掌握的程度还是促进学员学习的角度来看，理论考试都是必须的。另外，每个项目只能用到所学工具的一部分，我们要求学员系统全面地掌握精益六西格玛方法工具。因此，开始培训时往往都会对学员强调，要获得黑带资格证书，必须通过理论考试并成功完成项目，最后还要用 PPT 文档展示你如何灵活成功地应用精益六西格玛方法和工具解决问题。

在阶段性的培训后，培训的效果怎样？下一步需要改进什么问题？ 80% 公司都会收集学员和老师的意见，对培训效果进行评估。有些公司还专门为培训效果召开座谈会。召集学员代表、咨询师以及推进办三方进行讨论，针对培训中的问题进行改进。在深圳一家公司，他们对培训效果的调查非常全面，从环境设备到灯光音箱；从培训教材内容到教材的排版质量；从教师讲课技巧到交流和互动；从上课的节奏到课间的休息安排。细到连休息时放的音乐的类型都讨论。最后会对主要的问题讨论定下解决方案。

五 推行过程管理培训环节企业可能存在的偏差

为节约成本，一些公司期望通过送外培训一两个人，然后再回去自行推行精益六西格玛项目。据我们所知，目前此做法还没有取得成功的先例！在我们举办黑带、绿带公开培训班中，有不少是品质部最高负责人或是厂长，他们最初的想法是学成后回公司自行推行。后来我们调查发现没有一家取得成功的。问其原因很多，但有几个共同原因是：①精益六西格不是听了几天课就能马上当老师的，正所谓“台上一分钟，台下十年功”；②没有实施精益六西格玛项目经验；③管理者本身工作繁忙；④难以形成氛围，独木难成林。

要想在公司内部推行精益六西格玛，首先要培训一批黑带人员，他们在公司内部实施精益六西格玛项目，通过这些项目的成功和成就让人们认识到它的作用；同时黑带作为公司在精益六西格玛方面的种子，也成为推动精益六格玛的中坚力量。他们学习完后就可以培训绿带或进行基础知识的普及培训。一些公司拥有了几个黑带，做了一些黑带项目，就认为是在公司里推行了精益六西格玛，甚至还有一些企业在培训完黑带多年后，发现生产效率还是较低，产品的报废率依旧居高不下，新产品开发的周期仍然很长，人们解决问题的思想和方法没有改变，团队意识没有加强，部门之间的藩篱重重。最后的结论便是精益六西格玛无用，精益六西格玛不过如此等。文化的改变不是一朝一夕的，也不是一两个黑带就能带动的。我们接触过很多做过的公司，精益六西格玛在公司内部推行得不成功，原因就是把精益六西格玛在公司里的推行看得过于简单。如果在公司内部只有少数人会用这些工具、有这些意识的时候，精益六西格玛就还未形成大气候。而形不成文化氛围，就不能改变人们的做事方式。所以，一个公司想要真正地引进精益六西格玛文化，就要有一个长久的战略，要有打持久战的思想，不断的培训黑带、绿带，不断进行宣传推动，以及管理者持之以恒的身体力行。而不是赶时髦，搞一阵风。当然也不能搞大跃进，一次就把所有的骨干都培训了，这也是不现实的。要不断地培训黑带，把那些真正学到家了的黑带送到领导岗位，这些人一旦形成习惯，就会持续推行精益六西格玛。每一批黑带就像一期黄埔军校的学生，由他们去带队，去引领倡导精益六西格玛的文化。最后公司里就会拥有一大批具有黑带能力的人，这样精益六西格玛文化就会水到渠成。要知道推行六西格玛最成功的美国通用电气公司拥有的黑带人数同公司总人数的比例是要达到1∶100。我想问我们的这些已推行精益六西格玛的公司又有多少黑带呢？在深圳，有一个大公司的董事长，他对自已推行了三年的精益六西格玛的成绩很不满意。由于业务原因，他亲自去了美国通用电气公司参观，他在杰克·韦尔奇原来工作过的塑胶部门同员工进行交谈，就感觉到在那里六西格玛是那样深入人心。回来后，他写了一篇感想给公司里所有的管理人员看，他认为公司的精益六西格玛之路像是万里长征才走了第一步，并鼓励、鞭策所有人要坚定信心，持之以恒地走下去。现在我还经常碰到这个公司里的员工，他们觉得精益六西格玛已给他们带来不少变化。这些变化不是一蹴而就，而是潜移默化的，他们为他们的成绩而自豪。推行精益六西格玛就要不断地循环往复，螺旋式上升，不断总结经验，不断地改善。

一些公司为了多培养人才，也为了降低培训成本，一个培训班就要培训很多人，有些公司竟要求培训100人。在2004年，就遇到过这样一家电子公司，由于要保证项目数和黑带人数，就降低了选择黑带的标准和质量，选择了较多的不合适的黑带和项目。我们甚至可以看到选出的一些黑带在学习时连office软件都不会使用，他们来找我们咨询项目时很多数据是写在纸上的。还有就是为了达到高收益和大的影响会尽量选择多的项目，把一些简单、容易解决的问题选为项目。比如有这样一个项目：提高电子产品生产计划数量的准确性，项目的目的就是尽量使的生产计划的数量不要太多或太少，太多就会造成多备料而变成呆料和废料，太少造成出货数量不够。实际上我们做生产计划的人都知道，对于已生产过的产品如能掌握产品的不良和报废情况，就可以制定出比较合理的计划来。对于未生产的实验件，一般数量不会大，影响也小，可以不关注，改善的方法并不是很复杂，这样的项目是不合适的。

有这样一个机加工中型公司，由于前期缺乏规划，导致培训中存在一些问题。一是由于项目多、时间紧，咨询师没有足够的时间来细致了解项目的问题，讨论指导就不能深入。二是选择了较多不合适的项目，因为是要带项目学习，所以要在一个工厂同时选出这么适合精益六西格玛的项目确实是有困难的，因而也就选出了很多不合适的项目。比如有一个减少产品库存的项目，改善的方法是把长期不用已到了失效期限的原材料，提交申请进行报废即可。这些项目在员工和领导中就产生了不良的影响。说精益六西格玛是将简单问题复杂化。三是学习的时间不能保证。为了解决生产中的问题，就有很多人不得不缺席，这些学员学习不能够连续起来。尽管经常强调学习纪律，甚至突击点名检查，但还是经常有人缺席。除前两次参加的人员能全部到齐外，大多数情况下出席人数在50～60人。大家非常随意的请假、缺课，想来就来，想不来就不来。最后大部分人只是一知半解地学习了精益六西格玛，从他们的项目中就可以看出不少工具的错误应用，不能达到真正黑带的质量。学艺不精的黑带会影响人们对精益六西格玛的认识，影响精益六西格玛的声誉，影响精益六西格玛在公司的推行。精益六西格玛文化的推动不能只是一些标语口号，一些会议、培训就能推动了的。推动的一个主要途径是让黑带发挥作用，他们先在自己岗位上实践精益六西格玛的方法，将来再在领导岗位运用精益六西格玛的理念去要求、督导下属、改变下属的工作习惯，这样才能推动精益六西格玛的文化，没有真正掌握知识的人能推动吗？

还有一个公司，由于有要完成项目数量和收益指标的压力，竟选择了一个刚刚已经改善了的项目。因为收益大，也就选了进来，再用精益六西格玛方法来包装一下，还有就是把项目收益算大，被人认为是浮夸，是造假。“假做真来真亦假”，最后竟以假乱真。这也是盲目追求项目数量和收益带来的问题，所以对于项目数和收益要求一定要符合客观实际。请咨询公司入厂培训要注意人数，要考虑必要的学习资源（电脑软、硬件，学习时间）和公司的实际情况。不要一味地追求数量，不要劣质批发，选出的黑带一定要达到规定素质的要求。

公司里的黑带是一批一批培训出来的，而不是一两批就培训完成。为了达到好的培训质量和效果，我们认为一个培训班以20 ~ 35人为宜。35 ~ 50人是在具有良好的培训环境，公司能提供充分的资源，也都有合适的项目的情况下采用的。超过50人就太多了，会影响到学习和培训效果，是不可取的。如果一个公司规模很大需要培训较多的黑带，也不要太急，先培训出一批高质量的黑带，然后再从中培训出自己的黑带大师。以后的黑带培训就可以由内部黑带大师来完成。外部的咨询师是不会替代内部的黑带大师的。

初次导入培训选题时要注意以下几个问题：一是改善的难度不

要太大。刚刚参加学习，黑带对于方法和工具还理解掌握不够，应用还不够成熟，甚至理解还有偏差。黑带团队领导技巧和能力还不够强，加上时间短（只有3～6个月的时间）。要解决复杂和难度大的问题还有困难。如果项目改善不成功会挫伤黑带的积极性，也会影响公司各方面人士对精益六西格玛的认识。影响到精益六西格文化的宣传，最终影响到精益六西格玛的推行。二是项目改善的问题也不能太简单。改善方法过于简单，不利于黑带学习方法和工具。如果黑带不能把学习到的方法和工具用上，其他人就会以为精益六西格玛方法没用，也对学习没有帮助。项目改善如果需要实验设计那是最好的。我们发现在学员选的项目中，有不少项目在分析阶段就可以全部改善。在一些公司里几十个项目中，真正需要实验设计的不到20%，学员就没有机会去亲历这个复杂而特别有用的工具。也有些项目的实验设计本身可有可无，只是为了学习而进行的。当然我们并不反对在初次黑带学习时进行这样的实验设计，因为实验设计的理论在听讲授时并不是太难掌握。但是在实际应用的时候要考虑的因素非常多，在没有教师辅导时，会面临较多的问题。三是要看得到项目的收益，有些公司选择了管理类型的项目，这些项目往往缺少数据，许多精益六西格玛的工具就没有发挥作用的场地。有一个公司选择提高企业的凝聚力，接下来却发现基线数据的收集困难，改善措施的效果对比难以看到效果，项目的收益难以计算等问题。这样的项目不是不可以做，但在导入的初期是不合适的。用到的精益六西格玛工具不是很多，不利于黑带的学习。在文化宣传方面，因看不到财务上的实际收益，而影响人们对精益六西格玛的认识。

有些企业走向了另一个极端，在培训时不要求做项目。我们曾遇到一个世界500强企业，我们给他们培训了一个绿带班，这个学习班就像其他知识培训一样，学员只是听课学习，不实施项目。他们要求培训是在晚上和星期天进行，刚开始几天人员爆满，连走廊里都有人旁听。学员们学习认真，积极性很高，明显感觉对新知识的渴望。确实，在广东、深圳这样的地方，大部分人很乐意晚上参加学习，而且有这样的口号“八小时内求生存，八小时外求发展”。为自己充电，积极性都非常高。但没过几天，人员就大幅减少。由于白天工作多，晚上还要学习，人是非常疲倦的。加上精益六西格玛的理论学习课程，在有些章节里互动较少，学员听课时也易犯困，结果先是旁听的坚持不下来。再后来就是计划内的学员，也经常出现上课开小差、打瞌睡的情况，有些人甚至是要求每晚的课时要减短。最好是由原计划的每天三小时改为两小时。再后来有人开始频繁请假，出勤率也降下来了。由于连续几个月，就有学员说学习学得女朋友都快要吹了。这样安排在晚上学习，每个阶段的时间又比较长，学员在疲劳作战，学习效果也不佳。另外公司也没有办法安排绿带进行项目改善了。确实这样的学习是不可能带项目的，光学习就够忙的了，哪还有时间做项目。有一家公司接受我们的建议，认为不带项目学习的方法不好。后来决定几个人联合做一个项目。实际上他们这种“工余学习法”，项目还是没有能跟上进度。辅导时也只能是要我们提供案例讲一下，他们没有自己的项目能让我们有针对性的辅导，辅导的作用也不大。在结束培训后，我看到他们的项目还是问题百出。在我们结束培训半年后，还经常有学员来咨询项目问题，真不知道他们的项目是怎样关闭的。公司为了使培训不影响工厂的生产而选择不脱产培训，表面上看起来工厂生产没有影响而学习也全部完成了，其实培训的效果相当的差。这些公司进行业余培训，也没有真正花精力做项目（实际上没有时间去做），因为光培训就会把四个月的时间安排得满满的，所以有些公司干脆没有进行项目。精益六西格玛的很多工具是非常抽象且难以理解的，在应用时会有很多问题产生，而这些问题在不做项目时根本想象不到，也无法提出来。即使老师讲课时都讲到，学员也无法认识到它的真实意义和重要性。只有在自己出了问题，在老师的辅导下，在老师的解惑后才能真正理解和吸收。参加这样学习的学员无法掌握精益六西格玛，也不能在工作中正确运用。绝大多数人过后自然把这些东西束之高阁，好像是看了一场叫精益六西格玛的电影。更谈不上去推动精益六西格玛，培训的目的也没有达到。

黑带学习的整个过程因学习的知识点较多，一些工具抽象复杂，相对于一般的培训要长，需要二十天。但整个过程不是连续进行的，而是分成四个月来完成，每个月只有一周的时间，因此我们认为脱产培训是非常有必要的。

有些公司担心这么多的骨干全天离开工厂会影响正常的生产秩序，就想让他们离工厂近一些，一旦有问题发生还可以回去解决问题，所以选择了就近的培训地点。其实这种解决问题的方法是不可取的，公司本身在人才利用和培养方面就存在问题，一些关键的人员一离开公司就没有人能替代。公司需要在平时就有意识去培养人才，任何岗位的技术都不应该掌握在一个人的手里，都应该有两个以上的人员能够熟练应用。六西格玛的知识是有系统的，章节之间的逻辑性很强，间断地参与部分学习，哪能不影响到整个学习的效果。我们曾给一个湖北的集团公司培训，黑带的学习班的学员来自下属各个分公司（10人左右），其中有两个分公司在离总部很远的城市，我们发现在这个学习班上，这两个分公司的学员的学习就比其他公司的认真，项目开展得也很好。同他们交谈中得知，他们觉得一是离老师远，问问题不方便，只有学习时认真点，回去才能少一点问题发生。二是他们来这里培训，公司的投入成本很大，他们应该珍惜这个机会，认真学习，做好项目。而那些在总部附近的公司学员学习就差一些，同平时开会学习一样，有点无所谓。

有些公司选择一些条件简陋的场所进行培训，学习效果会受到影响。场所成本是节约了，但相对请咨询公司入厂培训的整个费用，这个节约还是较小的。因条件不好影响了学习，这是买好马而不配好鞍。有些学习场所的条件还不如办公室好，空调降不下温度，人在里面热汗淋漓，几个人挤在一台电脑上。学员感觉不到公司的重视，学习自然难以认真。我发现，凡是选择好环境的培训，学员就有一种被重视的感觉，也有自豪和荣耀感，对学习也就重视和认真。其实选出的黑带肯定都是公司的骨干和中坚力量，良好的学习机会和条件可以看做是给人的福利或是奖励。在他们身上适当的花费是值得的，最终的受益者还是公司。我早年被选为公司首批黑带时（在整个近一万人的企业里只选了四人送外培训，公司是花了不少钱的），确实有一种荣幸的感觉，自己暗下决心一定要学好精益六西格玛。我认为学员学习的投入程度是同公司的投入成正比的。因为学习环境和条件而影响到学习效果是不值得的，如此做是短视的。

我们在帮一个企业培训时，学员多人共用一台电脑，我们发现能够提问和学习认真的总是那些在操作电脑的学员。因为他们跟得上老师的思路，而没有条件应用电脑的学员，听课的注意力就难得集中，在学习的过程中会出现许多问题，比如打电话或打瞌睡等。另外，他们和老师的配合程度差，不会积极地同老师交流，有些甚至是表情麻木，学习的兴趣也就越来越低。学习时看起来很容易，回去就全忘了。大家都有这样的经验，坐车去某些地方多次总是记不住哪街哪巷，走路或开车去一次，只一回就清楚了。有一家公司，我们在调查时发现他们认为推行六西格玛很难的一个重要原因竟是软件的使用困难，原因就是在学习时他们是几个人共用电脑，回去后也很少用电脑，不知道数据在软件里怎样处理分析，许多项目总是不能按进度完成。所以培训时一定不要忽略这个问题。在学习精益六西格玛时，电脑和相关的软件是必要的。这些软件在没有中文版本前，企业无一例外的选择英文版本，现在有了中文版本，我们多了个选择。但还有内地企业还在选用英文版。英文对于内地企业人员来讲确实是影响很大。学习的效率非常低、效果非常差。选择软件时要注意，我们追求的是实用，而不是显示我们的英语有多好，英文版本的理解和掌握要困难得多。如果我们的客户是外国客户，或是同他们沟通时使用的是英文，那么选择英文版本还是合适的。总之，不要赶时髦，合适的就是最好的。

关于推进部门的问题，推进人员一般在人员的组织和准备培训设备上问题不是很大，只是有些企业的推进人员会全程参与培训，基本上不离开培训现场，培训过程中出现的问题会及时处理，同时也学习了黑带的课程，会对后续项目问题跟进很有帮助。有些培训兼职黑带的企业，这些推进人员甚至还可以进行简单的辅导。在效果评估时他们会有亲身体会，对评估有帮助。一些企业推进人员只是断续参加或偶尔参加，就没有办法发挥这些作用了。

六 中国企业的特点、背景分析

中国的企业对培训和学习上投资看法不一，部分企业不太重视培训，他们也不大愿意招没有经验的人员。据我们对珠三角企业的了解，80% 的企业不愿意为人做嫁衣——培训新手。由于精益六西格玛培训需要一笔不小的投资，很多老板会认真掂量。当然，这是对精益六西格玛投资回报率不了解，如果明白精益六西格玛极高的投资回报率，没有几个老板不会为之心动。

很多企业对人才发展、能力提升、雇员的职业规划重视程度相对不够，也就是缺乏前瞻性。机器不会操作可以派人去学习，但是只要机器能开动，要提升机器的维护保养水平、延长机器寿命、提高机器效率，老板可能就不愿花钱了，不到机器坏掉是认识不到保养的重要性的。很多企业愿意花钱买机器，有时甚至是买回的机器在工厂里“睡大觉”，觉得这是公司里的资产，就是没用资产还在。而把钱投资在人上也许看不到实物，也可能是看不到明显的质的变化，就觉得白花了。其实这些被培训的人是可以让这台闲置机器运转，创造效益的人。美国政府曾提出，企业用于教育的资金占工资总额的比例不应低于1.5%。在这方面，摩托罗拉公司的比例高达4%，每年在员工培训上的投入高达数亿美元。

国内企业比较认同培训兼职黑带，这本身无可非议。专职也好，兼职也好，只要能成功完成项目，能创造价值，都是可取的。由于是兼职黑带，如果不能成功完成项目，他们往往有台阶要下——因为我是兼职，工作太忙才导致……如果是专职黑带，则只有华山一条路，必须要成功。如果条件许可，国外很多先进企业有着上百年的历史，它们已经推行了许多的先进管理方法：比如SPC，目标管理、学习型组织等，在企业管理、员工管理、过程管理等方面都有非常丰富的经验。这些为精益六西格玛的推行打下了很好的基础，而我们国内的企业一般只有二三十年的历史，在管理水平上同外国企业之间的差距很大，要想缩短同先进国家企业的差距，就要引进一些好的方法，就得更加重视教育和培训，就得加大这方面的投入。

七 建议与忠告

◎ 选择培训教师时，需要慎重评估，最好选择教练型。

◎ 培训时的黑带选题难度要合适。太难容易使项目改善失败、对导入和推行不利；项目过于简单，应用的工具和方法太少，不利于黑带学习精益六西格玛的工具和方法。

◎ 没有放之四海而皆准的教材，定制的服务才是最好。

◎ 公司首批培训的人不宜过多或过少，对于黑带的人员宜精勿滥。

◎ 培训方式建议采用进行脱产培训，在学习上的投入是有回报的，学习也是生产力。

◎ 最好选择封闭式的培训，培训是福利和投资，而不是奢侈和浪费。

◎ 配备专职黑带是好的做法，可以有兼职，但在机会成熟时需要培养专职黑带。因为专才更有水平和能力。

◎ 在岸上是学不会游泳的，黑带、绿带不能只学理论，不做项目。

◎ 工欲善其事，必先利其器。给黑带培训和工作配置电脑资源是必要的。

◎ 公司要有推进部门和人员负责培训控制，否则散而乱。

◎ 一定要对培训进行评估。

第二部分
推行过程管理之项目运作环节

精益六西格玛思想能否被一个组织认同决定于精益六西格项目能否成功，而项目能否成功则决定于实施项目过程的管理。

一 推行过程管理之项目运作环节的目的

对项目过程进行有效的控制和管理，确保项目在预期的时间内达到预期的目标。

精益六西格玛项目运作使得学员将课堂培训所学到的理论知识活用于实践，并充分消化、吸收、理解和掌握精益六西格玛的工具方法和理念。通过项目的成功实施，改善公司内一些突出的问题，同时为公司运营降低成本、增加收益。

项目各个阶段的控制都将影响到项目的顺利结束和公司的收益。如果太多的项目改善失败将影响到企业对精益六西格玛的认识，影响到精益六西格玛在公司内部推行的效果，甚至导致推行失败。

二 推行过程管理之项目运作环节的基本问题

在项目运作过程中，需要收集数据，进行分析、试验等一系列工作。这些工作需要项目组每个成员投入较多的时间与精力，更需要集体力量与智慧。整个推进过程中还要充分运用和发挥团队的作用，以促成项目的进度。在项目推进过程中，一般企业可能会遇到下面一些主要问题：

（1）项目是否要有运作计划书？

（2）项目计划书的关键部分是什么？目标线、资格线如何确定？

（3）项目各阶段是否要按计划进行？

（4）怎样才能保证项目按计划进行？

（5）项目在运作中遇到障碍怎样处理？

（6）项目运作的资源是什么？

（7）精益六西格玛项目需要资金投入吗？

（8）项目进行改善时是否要把学习到的工具全部都用上？

（9）怎样看待用了一些可用和可不用的工具问题？

（10）在运作时部门不合作怎么办？

……

三 推行过程管理之项目运作环节的基本流程

项目推进基本流动如图 8-2 所示。

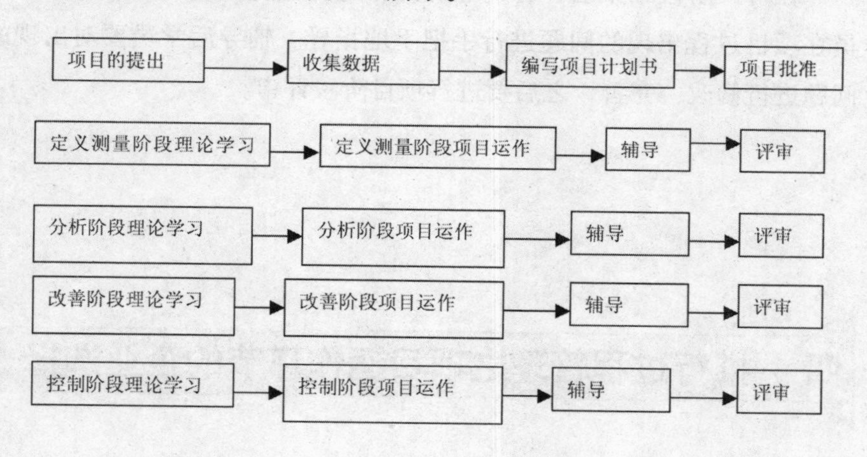

图 8-2 项目推进基本流程

项目运作是在理论学习基础之上进行的。一般而言，在理论培训学习后会留出两到三周时间来做项目，项目的改善要严格按照 DMAIC 方法模型来实施。① D(定义)：确定改进活动的目标。高层次的目标可以是组织的战略目标，如高的投资回报率或市场份额；作业层目标可以是提高某个制造部门的产出、降低缺陷率等。② M(测量)：测量现有体系。确定和探测合理的、可靠的衡量标准，以监督过程的进展。③ A(分析)：确定关键因子。分析和验证与过程关键指标关联的核心原因。I(改进)：对关键因子实施改善。寻找新方法要具有创造性，以把事情做得更好、更快、更节约成本。应用统计方法来分析、筛选优化方案，或应用其他策划和管理工具，并确认这些改进方案的效果。④ C(控制)：对改善措施实施固化或标准化。通过建立、修订工艺文件、激励机制、方针、目标等使改进后的体系制度化，可以应用 ISO9000 之类的体系来保证文件化体系的正确性，统计过程控制也是这个过程中非常重要的工具。

在每一阶段结束后，咨询老师都会进行点对点的项目辅导，对学员在项目过程出现的问题进行手把手地指导。辅导后学员要对出现的问题进行修改、完善，之后要进行项目阶段评审。

四 推行过程管理之项目运作环节的企业选择

项目的起点是从制订计划书开始，基本上所有的公司在立项时都有项目计划书，企业之间的差异在于对内容的确认和批准时间上。比如，有些公司的管理层在项目开始之前会严格确认并签署批准，没有签署批准的项目是不能立项的；有些企业是在项目开始之后补签，项目只要过程中有人同意就可以进行了；而有些公司只要黑带自己选定，某些领导同意就开始，写个计划书做个形式上的补充就行了，并没有人对计划书进行签批。另外，几乎很少有企业会依照计划书对关键的基线进行严格确认。

项目改善需要公司提供资源，精益六西格玛项目需要的最主要资源有：分析解决问题的时间和参与改善的项目团队，有时还有必要投入适当的资金（在计划书中可能有说明）。黑带需要时间来完成项目的选题、基线的确立、组建团队。团队成员要有时间来参加分析讨论会议，完成所承担的工作，在需要投入的个别项目中，公司提供必要的资金供项目实验和改善之用。

项目的黑带带领自己的团队，运用学到的知识，合理利用公司现有资源，快速有效的突破性改善项目问题。整个过程是有计划，按精益六西格玛步骤进行资料、数据收集，利用分析工具和试验找到改善方案，并实施改善和控制的。

在外企，黑带一般是专职的，在项目运行时间上可以充分保证。如摩托罗拉、通用电气、希捷和其供应商等都是这样。这些专职黑带的工作内容主要就是两个：进行项目改善和培训绿带。所以对这些企业而言，不存在黑带在项目改善中的时间投入问题。

但国内的一些企业选择兼职黑带的做法，这样就可能出现黑带或绿带由于工作任务影响不能保证足够的时间投入，项目进度就无法得以保障。在这些企业里，黑带虽是兼职，但大部分人的项目工作可在八小时内完成。也有一些人因为工作忙或是项目存在一定难度，上班又没有时间，自己也不愿意利用加班来做事情，项目就只有一拖再拖，不能按计划要求完成各阶段的工作。“公事公办”在这里变成了“公事公时公办”。

在项目确定之后，便成立项目团队。在实际运作和团队作用发挥上面，就出现了几种分歧情况：第一种情况是能很好发挥团队的作用，各个阶段从原因分析，到结论得出都是通过团队来完成的。项目的各项工作有明确分工，构成成员根据资源和能力实施分工来完成，这样就能按时间、进度高质量地完成项目。第二种情况是很少举行团队会议、开展团队活动，团队的分工协作只有口头说明，项目50%以上的工作由黑带个人完成，工作进度和质量一般。如果黑带个人能力较强也基本上能完成项目。第三种情况是项目团队极少有活动，分工合作不清楚，黑带个人能力也一般，70%以上的工作要黑带本人完成，项目的进度就难以保证。

我们在湖南帮一家企业推行精益六西格玛时，就发现他们的项目团队有很大差异：有些项目自始至终（从项目各个阶段的辅导、评审）都只有黑带一个人参与，没有看到过其他成员出现。一旦黑带出差或很忙，就没办法辅导或评审，致使项目既无质量也无进度。也有组织很好的团队，每次参与辅导、评审时，团队成员都能到场听取指导并交流，即使项目黑带不能出席也有合适成员代替，项目运行质量和进度相对较好。其中有这样一个团队，黑带是个女士，中途回家生孩子，项目就由团队的其他成员负责，始终没有中断过，并按时顺利地结束。这就是好的团队在起作用。

精益六西格玛项目虽然不像技术改造项目那样，需要有较大的资金投入，但有些项目需要大量实验或是设备的改造和更新，甚至是技术革新的项目，还是需要有资金投入的。一旦需要资金的投入，大多数的公司还是比较谨慎的。对于较少的资金投入（万元以下），我接触到的公司一般都能够及时提供，获取阻力不大。但当项目的投入超过万元以后，不同公司差异很大，有些公司审批很快，不会影响项目进度；有些公司的签批久拖不决，使得一些项目不能按时结束。有些项目达不到预期的收益，也同必要的投入资源不能及时到位有关。

有些企业舍得投入，也获取了很好的收效。在资料上看到：2006年，隆力奇在六西格玛项目上投入资金500万元，当时预计项目成功之后将节约5000万元成本。某个总部在广东惠州生产家电的集团公司，第一期六西格玛项目投入成本200多万元，取得收益2600万元；投入产出比为1∶13。有投入的项目，可以通过投入与产出的利益比来确定。

在选择专职黑带人员的企业里，由于黑带人数相对较少，又是脱产做项目，使得管理和推进上存在的问题较少，推进部门的压力也小，也就不一定设立专门的推进部门。

在选择兼职黑带的企业，项目和黑带数量多时，企业会组织成立专门的推进管理部门来管理和跟进项目的进展情况。项目和黑带数量少时，一些企业就只有兼职推进人员负责这样的工作。虽然都有推进人员，但发挥的作用和结果差异会有很大区别。有些企业推进人员只是组织培训，统计汇报项目的进展情况，对进度控制完全是被动的；有些企业推进部门的管理人员能及时跟进项目的进展情况，出现问题时，会参与项目的会议，同小组一起寻找解决办法，出现冲突，遇到阻力时也帮助沟通、协助解决。这样，项目进度会完成得非常好。

不同公司对项目报告中使用工具的态度也存在着差异。有些公司使用的工具简单准确，能快速有效的解决问题；有些只是使用正确、合乎逻辑的工具，能帮助解决问题就行；有些则是鼓励多用工具，只要合乎逻辑，提倡多用工具分析。比如，有一名学员进行的是节约电能项目，在改善时选用不同的变压器功率因素和固定损耗比来达到损耗最少，优化方案可以通过比较分析得到。但学员选用了实验设计，使用有点勉强，在项目评审时被看作是工具使用牵强。我认为，为提高黑带的能力和水平，在黑带技能还不娴熟时，只要实验不投入成本，鼓励多使用分析工具。一来可以培养与提升黑带的水平，二来可以促进黑带将来解决问题。

五 推行过程管理之项目运作环节企业可能出现的偏差

项目计划书是确定项目的依据，很多公司却对项目计划没有引起足够的重视。我在广州见过较大的一个外资企业，他们的精益六西格玛推进的比较早。做了项目计划书，但从来就没有相关部门和领导来进行确认和承认。也有我们曾咨询过的一家企业，他们有项目计划书，也有领导的批准。但存在很多问题，比如项目的基线目标是凭感觉写上去的。到了测量阶段才去收集数据，后来实际收集的数据同计划书相比已相差甚远。另外，项目是否值得立项？项目指标是否合理？财务收益怎样计算？这一系列问题可以在项目计划书的审核和批准时发现。很多项目不能关闭，同项目计划书有极大的关系。

第一，立项不合适。比如，问题的重要性和必要性低，一旦发现改善需要投入时，一般都会搁浅。如果改善空间不大，那么后续就可能改善不了，要改善就要投入很大的成本，这样一般也会夭折。选择夕阳产品，改善后没有生产任务，实际的收益就不会产生。这些问题黑带在选题时应该考虑和陈述清楚，而最了解这些信息的就是公司管理层，因此在把关时要认真处理。

第二，项目的指标不合适。既然选为项目，项目该用什么指标来衡量改善呢？确定了合理的指标，才能收集改善前的基线数据和改善后的状态数据。合理的指标既能衡量改善，又能助于方便计算财务收益。很多项目做了改善但看不到改善的成绩，不能计算财务收益就是因为确定的指标不合适。有一个降低公司的能源成本的项目，由于直接选择过去一年消耗的能源作为基数，在项目完成之后一年的能源消耗费用还增加了10%。项目看不到收益，原因是消耗总量是一个不合理的指标，缺乏可比性。因为第二年的产量增加了40%，能源消耗总量就增加了。因此选用每万元产值的能耗指标才合适。

第三，项目的范围选得太大，改善成果不可控。比如，提高××产品的合格率，项目把现有的主要缺陷降低了，合格率也提升了。过了一段时间发生了一些变化，客户对某项要求严格了或是其他新的问题又发生了，合格率就降下来了，这样的项目可能很难达到目标，项目永远没法结束。

一般公司要求项目运行的进度与培训同步，即分定义、测量、分析、改善、控制五个阶段来进行。为了确保进度，黑带需要自己对每个阶段的项目任务作更细致、周密的计划，并且严格实施和控制。在我们辅导项目的过程中，发现许多项目没有能按进度进行下去。我总结有以下四个方面原因：

（1）黑带或项目组长没有按计划进行工作，甚至连工作计划都没有。

（2）黑带或项目组人员投入的时间不足。

（3）项目在技术上出现了阻力（分析思路不开阔。不能正确应用精益六西格玛工具。在本身加工技术上缺少方法和突破等）。

（4）项目在执行上出现了困难，由于各方面的阻力使实验方案、改善措施进行不下去等。

黑带工作缺乏计划性也是影响项目进度的因素。大家知道：工厂的工作往往有一些比较紧急的事情，总是有人在后面跟催。对于精益六西格玛项目改善，因为是兼职工作，没有按时完成，似乎能够找到解释的理由。我们遇到几家企业，他们中的一些落后项目一般没有工作计划，就是有也没有按计划去运作。每次阶段性培训完后对他们进行辅导时，都没有看到完整的项目资料，只是一些零散的文档。问及没有完成的原因，主要有两点：一是工作太忙，二是工具应用时可能有些问题。甚至领导也在帮忙解释，每次都答应尽快赶上来，实际上总是完成不了。在我们所有的阶段培训完成时，他们的项目连一半都没完成。

定位为兼职黑带制的企业，在项目确定和建立团队时，黑带也承诺用 30% 的工作时间来做项目，实际上很多人没有办法保证 30% 的时间。有的用了 10% ～ 30% 的时间，有的用了不到 10% 的时间。造成这样结果主要是因为在制度上没有保证。进行项目时，黑带的工作同平时一样，正常工作量没有减少。而且大部分黑带本身就是骨干，在工厂里本身就是“大忙人”，很难再抽出太多时间在项目上。30% 的项目投入靠挤时间和加班来保证，如果挤不出来就没办法完成。要结果又不给资源，这怎么可能确保项目成功呢?

项目在技术上出现了阻力，首先是在精益六西格玛的工具和方法上遇到了困难，不会应用部分分析工具和方法，就把项目停了下来，然后等辅导的时候再咨询老师。比如，不知道怎样收集数据，不知道怎样进行统计分析、假设检验，看不懂分析的结果等。发生这些问题时是不应该停下项目的，而应该尽快咨询老师。学习阶段要利用好老师这个资源。那些高质量的项目，往往是改善相对复杂而需要多与老师沟通的项目。其次是在项目专业技术上遇到了阻力，没有发挥好整个团队的作用，很少举行团队会议，改善方案没有经过团队讨论、分析。有这样一个项目，提高铸铁的合格率，项目需要一工装来提高熔铸配料的均匀性，就是因为这一工装的加工导致项目进度晚了三个月。后来在评审时，该小组一位成员指出在该厂理化室就有一可用设备一直在闲置。脑力风暴是一种能够很好地利用集体智慧来解决强阻力问题的方法，当项目出现阻碍时，可以利用这个工具来发挥团体的潜能，找到突破口和方案。

一些企业对团队的认识不足，项目黑带对团队运作模式的认识和团队的掌控能力与要求存在较大差距。不能很好地发挥整个团队的作用，项目明星对项目支持力度也不够，很少关注黑带团队领导能力的培养，良好的团队文化就很难形成。

我曾在广州某大型台资电子厂看到一个这样的黑带，收集数据时，大量的历史数据要自己在电脑上敲上几小时输进去。每次试验时自己要到生产线上去把产品从一个工位送到另一个工位，不是因为想亲手收集到第一手资料，而是制造部门配合力度差，没有人协助，自己不动手试验就得被拖延。所有要改善工位的工作指导、程序文件的起草。发放都是他一手完成，不是因为他擅长做这些，而是该负责部门的人员不愿意多做这些工作。总之所有要改善的工作全是由他一个人完成的。虽然他的个人能力确实很强，但这不是我们精益六西格玛倡导的文化。

一般企业都非常重视客户投诉问题，如果项目是涉及客户投诉的，项目需要的资源一般都会及时到位，必要的投入资金也能很快被批准，改善非常迅速。如果项目是降低内部成本和提高竞争力的，往往在批准资金投入时就会经历一段很长的过程。究其原因可能是对于内部改善时间的压力比客户投诉的压力要小。加上以前可能也遇到改善失败的案例，很多领导还是有那种不求有功、但求无过的思想。所以对于内部改善，领导的决策慎之又慎。实际上，用精益六西格玛方法分析找到问题的解决方案，同以前的任何方法相比已极大的减少了风险。这种分析方法是通过实验和数据分析，甚至是结果验证了的，已把决策失误的风险降到了最低。

在推进部门方面，负责跟进人员的综合素质也有密切的关系。有些公司由人力资源部门的人员进行项目跟进，他们确实只能解决培训需要的器材问题。对于项目的进度来讲，由于对产品不熟悉，对产品的加工过程不了解，是很难跟进的。如果都不知道产品是什么，他能说清楚同产品相关的项目问题吗？而由质量或工程部门的人来跟进就会好些，能了解产品，能了解基本的加工过程，能把项目进行的情况跟进得相对较好。

一些企业里对完成的黑带项目有激励，会拿出收益的一定比例来奖励项目组。企业重视对黑带或项目组的激励是很好的，但对推进部门的考核和激励不够就会造成这些部门的积极性不够。使得他们只做组织培训，在项目推进上不发挥出应有的力量。

六 中国企业的特点、背景分析

很多企业因为管理较为粗放，所以部分管理人员的工作量少，加上做事的效率低，就显得很多部门闲人较多。他们怕推行精益六西格玛时一旦设置专职黑带会增加更多的闲人。按要求选出的黑带，大部分都是部门的骨干，公司不想让他们离开原有的岗位，以免对原有的工作产生影响。所以在推行时愿意选择兼职黑带，但带来的问题是运作项目的时间无法保证。所以选择兼职黑带时，要在制度上保证实施项目的时间，在激励上有能调动人员积极性的措施。

我们的企业很少是百年老店，在管理上也没有形成自己好的企业文化，特别是缺少团队的文化。

企业一般对领导考核评价有硬性的财务指标，一些企业的领导只特别关注自己在位时的政绩，不考虑公司的长期运行问题，所以不愿意在设备的改造和更新方面投入资金。我们在江西辅导过这样一个项目，项目是降低水的浪费。在这个工厂里，每年有十几万吨水的浪费，每年收益只有20多万元，通过分析确认水管老化泄露是主要原因，并通过检测发现主要是工厂某区水管造成。这些水管已用了二十多年，但改造这些水管要投入50多万元。尽管在前期立项时已说明可能有改造的投入，但是在项目结束时，资金投入没有得到批准。一旦涉及资金投入，决策就会遇到阻力。

七 建议与忠告

◎一定要确认计划书中可以衡量的改善指标，有数据支持的基线和目标。

◎项目要想按计划进行，就要有领导的资源、项目团队的力量推进部门的监督。

◎突破障碍靠的是团队，创造良好的团队文化。“靠个人山穷水尽疑无路，凭团体柳暗花明又一村”。

◎项目改善成功的必要资源是：黑带和团队的时间、良好的团队协作、必要的资金投入。学习时，咨询师也是好的重要的资源。要保证兼职黑带的时间资源。

◎有些精益六西格玛项目是需要投入资金的，六西格玛项目是追求收益和投入产出比的，也是有风险控制的，既然值得立项，有收益就得投入。

◎培养管理人员和黑带的团队领导能力和技巧。

◎工具为人所用，人不能被工具所困。学习时先学形，再学神，由形似到神似。鼓励黑带多使用分析工具。

◎部门之间的不合作要站在公司的利益上来协调解决。

采用专职黑带是外资企业的一般做法，有条件的企业最好这样做。

企业根据自己的情况选择兼职黑带的做法，可以看作中国特色的精益六西格玛之路，但我们一定要有措施来规避兼职黑带做法带来的问题。这些问题主要是：项目的时间没有办法保证；员工变成黑带后，难继续再做项目，一个黑带是不可能通过一两个项目就掌握精益六西格玛的方法并达到其理论要求的；项目的质量相对低。这些都会影响黑带达到真正的要求，最终导致精益六西格玛的导入和推进失败。公司要如何规避以上的问题呢？我们的建议是减轻黑带的正常工作量，确保进行项目的时间；要有好的政策（激励）制度保证这些黑带能持续进行项目，至少也要求在学习完后的几年里能完成足够的项目数；要有好的交流方式来提高黑带的自我学习能力，工厂内部一定要培养自己的黑带大师，而且最好能在自己的黑带中选出，这样可以鼓励黑带的继续学习并继续项目；拥有少量的专职黑带，走少部分的专职黑带和大部分的兼职黑带结合的路线。

第三部分
精益六西格玛推行
过程管理之辅导、评审环节

一　推行过程管理之辅导、评审环节的目的

学员在学习后需要进行项目实践，把学到的知识用到项目的时候，由于理解不深或没有真正理解，应用会出现较大的偏差，或者是在问题解决时受工具的制约，偏离解决问题的方向，因而项目的辅导对于解决这两个方面的问题非常重要，进行项目的辅导有助于真正的掌握精益六西格玛工具和思路，使项目能够顺利结束。

六西格玛项目进行得怎样？是否达到了立项时设定的目标？需要对项目进行阶段性的评审和最终评审。项目阶段性评审是评估项目完成每个阶段的质量和进度，并能够对每一阶段出现的问题和偏差及时发现并进行修正，为项目最终的完成进行过程控制。项目的最终评审是对项目成果和黑带及团队努力的结果进行评价和承认。

二 推行过程管理之辅导、评审环节的基本问题

一般企业在进行项目辅导、评审时可能会遇到下面一些主要问题：

（1）要不要进行阶段性的辅导？

（2）怎样进行辅导？集中辅导还是点对点辅导？

（3）辅导时需要多少项目组成员参与？是否需要所有项目组成员参与？

（4）辅导后问题由谁来跟进，项目组长、推进部门还是主管领导？

（5）要不要对项目进行阶段性的评价？要有那些成员参与？

（6）阶段性评价的标准是什么？单项评价（质量和进度）还是综合性评价？

（7）是否要进行项目关闭评审？评审的标准是什么？

（8）评审团成员应有哪些成员组成？

（9）项目的过程控制是什么？

三　推行过程管理之辅导、评审环节的基本流程

项目辅导与评审流程如图 8-3 所示。

辅导流程：

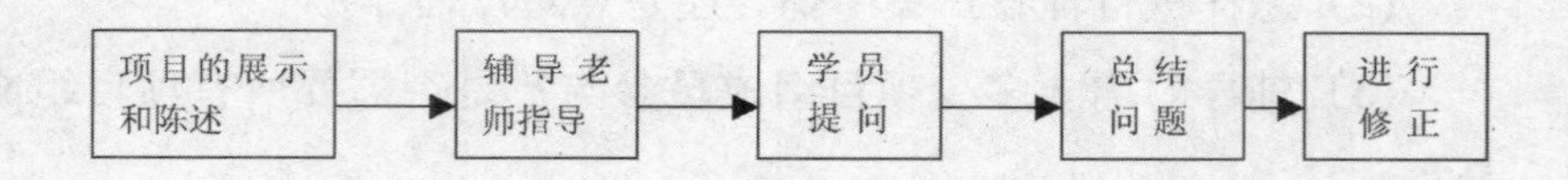

评审流程：

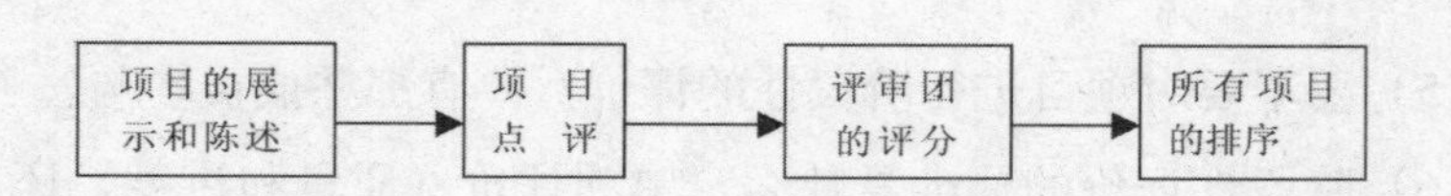

图 8-3　项目辅导与评审流程

四 推行过程管理之辅导、评审环节的企业选择

有些企业在培训时，阶段性的辅导非常简单，只是在下一阶段培训时让老师对项目报告评价和指点一下，送外培训一般是这样进行的；但是有些企业非常重视项目的辅导。在广东有家生产液晶显示屏的企业，我们初去就让我们进工厂了解加工流程，说明项目的问题所在。每个阶段辅导时，都会让我们先看看生产的进展情况，然后要求所有项目组成员参加辅导。过程中要求每个成员把各自负责部分出现的问题提出来，听取老师的意见。我感觉到他们都不愿意错过同老师交流的机会。

项目的辅导一般有集中辅导、点对点（单个项目）辅导两种。一般公司根据自己的实际情况，可以以其中一种方式为主，另一种方式为辅的综合方法。

集中辅导是让所有项目组在一起进行辅导，学员们不但听取老师对自己的辅导，也参与其他项目的辅导。这种方法使学员可以通过老师对其他项目的指导了解多一点问题错误，对问题的偏差和项目分析的思路有更深刻的认识，有利于掌握所学习的精益六西格玛知识。另外，集中辅导可以节约咨询老师的时间，提高咨询效率，可以使老师的时间集中用到辅导上来，也减少各个项目组的准备时间。缺点是因参与的人员较多，耽误其他工作的时间也多。对项目

辅导的细致程度、对项目的讨论深度可能不够。项目组的成员参与较少，往往只能是黑带和核心成员参与，学习交流面范围小，对人员培养不利。

点对点的项目辅导是有咨询老师亲临项目组进行辅导。优点是对项目辅导仔细，项目组的成员基本上都能参与问题的分析、讨论和辅导；有问题时可以看到生产现场和实际的产品；可以进行深度的讨论辅导，对复杂的项目问题的解决很有帮助。缺点是需要咨询老师的时间较多，项目组成员也只参与自己的项目辅导，没有参加其他项目的辅导，不能借鉴其他项目的经验，对黑带的学习不利。

在集中辅导时，少数企业会有一些项目骨干和黑带一起参与项目辅导。有人对项目进行陈述，有人记录项目存在的问题。每次指出的问题基本上都能够得到改善。一些企业参与项目集中辅导的只有黑带一人，对于我们指出问题不能完整地记录清楚，经常在后来辅导中看到指出过的问题没有得到改正。究其原因，有的是忘了，有的是没时间更改和修正。如果有多人参与的项目组，这样的问题就出现得少。在点对点辅导时，有些企业会有安排所有项目组成员参与辅导甚至还有相关的领导参与，这样效果也比较好，问题也能够迅速解决。

对于辅导中出现的重要问题，比如项目的分析偏差，项目的进度严重落后，其他部门的配合力度差，有些公司的推进部门人员也会参与跟进。他们会参与项目团队举行的会议，参与相关部门的协调活动等。凡是项目推进部门能参与具体项目的公司，一般整体的进度好，辅导的效果也好，这是一个良性循环。在一些采用兼职黑带制的企业，推进部门的人员还能对内部进行简单的辅导，使很多问题得以及时解决。

在项目阶段性的工作完成或最终结束后，公司内部会进行一些评审。有些企业有阶段性评审和最终结束评审，评审的结果会影响到项目组的最后考评和奖励。有些企业不进行阶段性的评审，只在项目关闭时进行评审。有些外企往往只有向管理层的汇报会，没有进行严格的评审。有些个别企业这两种评审都没有，将直接影响项目质量。

在项目最终关闭时，财务部门对会对财务收益进行确认。康明斯公司中国区六西格玛项目直接挂在财务部门下面，由中国区总裁和财务总监双头领导，进行严格的财务控制。有些公司只是让财务参与核算，大致了解一下计算公式和过程就签署了，不会对基线和达成情况进行严格的确认。

五 推行过程管理之辅导、评审时企业选择存在的偏差

有一个企业请我们去做咨询，总是担心自己公司的机密外泄，他们从不请咨询老师进厂进行辅导，只是让黑带带着项目来找我们看看就算是辅导了。在讨论时，对加工的过程讳莫如深，不愿意多讲。辅导老师就只能指出方法和格式的错误而已。企业能有这样强的保密意识是好事，但是不让咨询老师了解一些稍具体的东西，会影响辅导效果。公司在处理好保密的关键内容后，可以考虑同咨询师较深入讨论。在这点上有些公司处理得较好，他们会让我们签保密协议，进去

时会有机密安全人员陪同。只有充分了解现场、了解加工过程，咨询老师在辅导时才可能提出针对性的建议和改善方案。

也有一些公司走到了另一个极端，不论问题大小都要求咨询师到现场去辅导。我们有一个客户经常打电话联系要求去现场辅导，而我们每次去了后，他们往往问的只是软件的某个工具不会使用，甚至是某列数据不知道怎样输入等简单问题。这样的点对点就失去了意义。以下情况可以考虑请咨询老师去现场点对点辅导：一是想让老师了解工作现场，或是要让老师看到产品而产品无法移动；二是要参与讨论或辅导的人员较多，咨询老师去现场会方便些；三是公司的高层想参与讨论等。

有些公司对项目的集中辅导不够重视，黑带们只关注自己的项目怎样做，对其他项目的辅导不感兴趣，其实这样会错过很好的学习机会。我们辅导过一家企业，前期是采用培训兼职黑带的做法，这些兼职人员工作很忙，没有时间来参与集体辅导，辅导时只是把自己的问题一梳理就匆匆离去。也有很多人被动地参与辅导，往往辅导的效果较差。辅导之前没有准备，来后只是把项目展示一下，就是让老师对他项目提点意见，而自己对咨询师提出的疑问往往很少。

我们认为最好采用集中辅导方式为主和点对点辅导方式为辅的方法。这样既提高辅导的效率也提高辅导的效果。一般的问题集中辅导，而对于一些改善遇到大的阻力和困难的项目则可以请老师到现场进行点对点的辅导。

有些公司的推进部门没有很好地发挥作用，他们只起到了通知培训和辅导时间、安排会议场所的作用。对项目的问题既不了解，也没有很好地跟进。好像这只是黑带和项目组的问题，或是跟进了，但推动能力不够，又没能及时向上反映。如推进部门发挥了好作用，会对整个公司的项目推进有很大帮助。

我们到一些公司进行阶段性辅导时，由于学员的项目在进度上不能按时完成，我们看不到他们所做的东西，他们也提不出问题，我们就不知道项目的偏差和错误，不能针对性地进行辅导，只能变成督促进度，达不到辅导的目的。一旦项目组没有按计划完成项目的阶段性工作，推进人员如能及时跟进、推动，或是帮助反馈和协调，会极大地缩短问题解决的进程，这就是过程的反馈和控制。

项目做得怎样，只有通过评审才能知道。如果企业不对项目进行最终的评审，只是进行项目汇报，这样控制只能使项目在大的方面不出问题。而有些公司对项目的好坏评价就只有收益这一项。对黑带和项目的成绩以其收益来评价，其实会有很大的偏差。虽然精益六西格玛非常关注财务收益，项目的收益也有财务部门的承认，但是实际上由于以下问题存在，使得单纯的财务收益的评价会有失偏颇。

（1）在六西格玛导入初期甚至是导入多年的企业，财务部门对收益也不能正确地进行计算。

（2）财务部门从公司的保密角度考虑，有时提供的人工成本，产品价格等数据本身就不是实际的数据。

（3）财务部门对收益的计算调查和监督的深度不够，往往只是检查其计算方法和计算过程是否有错。他们不会对计算数据的基线和改善后的数据进行确认，更谈不上对数据的收集方法，取样的合理性的评估。有时出现“人有多大胆，地有多大产”现象。

（4）有些项目的收益本身是不好准确计算的，比如项目的硬性收益很小，但软性的收益很大，而我们很多项目的收益以硬性为主。

（5）有些项目意义非常重大，但计算直接财务收益不一定很大。

（6）六西格玛项目的收益一般是计算项目结束后一年的收益，一些项目的收益也许确实只有那么一年，而有些项目的收益可能是几年、十几年，甚至只要公司存在就有。

正是由于上述问题的存在，单纯的项目收益评价，对精益六西格玛项目的评价是有失公平的。有一个设计项目改变加工方法，原来同类产品是用圆钢进行数控加工，通过项目改为锻造成型后再加工，大大减少了原材料的浪费和加工成本。由于项目改善后的第一年的产量很少，项目收益不大，而在后来的几年里产量扩大了几十倍。

在一些公司里，由于设置的是专职黑带，认为这是黑带的本职工作，而不制定项目的激励措施。由于项目没有奖励，那么项目的收益算多算少，不会影响公司的直接的利益。有些公司高层对精益六西格玛项目的收益是有指标的，为了体现部门的成绩和管理者的功劳，收益也不愿意算得太少。还有公司的形象问题。总之，我目前见到的都是硕果累累。六西格玛确实都能给公司带来巨大的财务收益，这个不容置疑。但是如果不进行严格计算和确认，会带来很多问题：一是会挫伤黑带的积极性，会变成项目成不成功不重要，巧算收益最重要。不是在改善项目上下工夫，而是在巧算收益上动歪脑筋。二是会使人们产生误解和反感，认为六西格玛项目收益是算出来的，是吹出来的，是新一轮浮夸运动。一旦出现这样的情绪，公司以后的精益六西格玛推行就会非常的困难。

有些企业对项目不进行过程评审，经常会发生项目的进度严重滞后。项目组对滞后的状态也没有压力，一拖再拖。有些项目严重滞后，为了准时结束项目，就凭感觉找了些原因，进行了改善，得到部分好的数据就当项目改善了，项目就这样结束了。

有些企业虽有评审，但执行情况和效果非常差，几乎同没有一样。我们辅导过的一个企业虽有阶段评审的要求，但是每次评审时，要求来参加评审团的成员会因工作忙（不少是借口）而不参加评审，经常是很多关键的人物没来参加评审（如过程的拥有人、项目明星）。最后的评审会就只走了过场，没有实际意义，达不到评审的目的。企业的许多领导人不愿意参与评审会有以下一些原因：一些领导只是参与了倡导的培训，对精益六西格玛的了解和掌握程度不够，然而在评审时担心自己不能很好的执行。有的人认为这是走形式，不愿意费太多的时间。也有的人对精益六西格玛推进不够热心，认为这是分外的事情。以上种种原因都会导致领导对评审参与的积极性不高。

通用电气公司在 1996 年开始实施六西格玛的时候，杰克·韦尔奇以特有的激情全身心地投入六西格玛行动中，他会到基层参加每周和每月的六西格玛评审，每周通过总结报告监视项目进展等。正是管理者执行力传递到各个部门，使各部门领导了解到公司最高层的决心，积极学习和推广六西格玛，从而使六西格玛在通用电气公司得到成功实施，并扎根于组织文化。

项目评审团的主要成员是：项目明星、过程的拥有人、咨询师和过程的主管领导。项目开展后应有内部的黑带大师来替代咨询师进行评审。

六 中国企业的特点、背景分析

重结果、不重过程是一些领导人的管理风格，结果好就什么都好，不想花太多的时间在项目的评审上。不少黑带在进行精益六西格玛的学习中、项目运行和辅导中热情不高，想的就是怎样争取结束项目，再多一点就是拿个证书。不会把学习看作是提升个人能力的好机会，对学习机会不够珍惜。

因为精益六西格玛的收益计算不会出现在财务报表上，也不会出现在资产负债表上，所以对它的准确性都不会太较真。何况报喜得喜，报忧得忧，虚夸的毒苗也就有了土壤。因此就有些人对其颇有微词，并降低了人们的热情，这些影响在进行过多期的企业反应尤甚。

七 建议与忠告

◎ 要进行阶段性的辅导，以及时控制项目的质量。

◎ 项目黑带，推进部门都要对辅导中发现的问题进行跟进。

◎ 项目要进行阶段性的评审，阶段性评价的标准是从项目的进度、质量两个方面来进行综合评价。

◎ 领导再忙也要参与项目的评审。

◎ 重视财务收益的严格计算。

◎ 要重视项目的结束评审，财务收益是关键指标，但不是唯一指标。

◎ 评审团构成至少有项目明星、过程拥有者、咨询师（或内部MBB）。

◎ 项目的过程控制要从培训、项目运作、辅导、评审这几个方面进行，分节点、分阶段、有计划地进行。

步骤9

持续推行与溶入文化

“笑到最后才是胜利。”

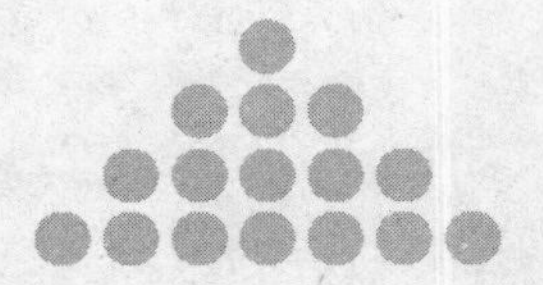

有人说，现在是十倍速时代。意指这个时代新信息、新知识太多。一种新理论尚未推广，马上又有更新的出现。乱哄哄地你方唱罢我登场，各领风骚数百天。精益六西格玛管理作为一种新的管理方法论，究竟在推行企业“红”多久才合适呢？要回答这个问题，必须考虑两个方面：

一是精益六西格玛的目标，我们知道，精益六西格玛的目标有两个：最大限度地提高客户的满意和忠诚度，最大限度地降低企业的营运成本和劣质成本。这两大目标与企业追求的终极目标是完全吻合的。

二是精益六西格玛的历史，精益六西格玛整合了代表人类在管理领域最高智慧的六西格玛和精益两种各有特点又互为补充的管理实践。这两种管理均源起于二十世纪八十年代，距今已二十余年，目前不但没有日渐冷落，而是被越来越多的企业所关注和实践并不断地发展。而精益六西格玛合并二者的精华，在世界知名企业中，越来越受青睐。在可以预见的将来，精益六西格玛将以其独特的魅力获得更多有远见卓识的企业的青睐。企业推行精益六西格玛，也将是一个长期而持续的过程，浅尝辄止带给推行企业的只会如一圈涟漪，等风平浪静后什么都没有。

一 持续推行精益六西格玛管理的目的

精益六西格玛持续推进的目的是：为使推进企业保持和扩大前期推行精益六西格玛所获得的成果，并持续从推行中获取最大利益。

二 持续推行精益六西格玛管理面临的基本问题

在本阶段，企业可能面临以下问题：

（1）精益六西格玛应该在一家企业推进多久才合适？

（2）成功推行精益六西格玛的企业目前还在坚持实施吗？效果如何？

（3）为何必须将精益六西格玛的推进扩展到新产品研发以及供应商、客户？

（4）应该如何综合评估推行精益六西格玛带来的成果？怎样保证评估结果能反映企业的真实改善水平？

（5）精益六西格玛需要持续做项目吗？精益六西格玛推行的最高

境界是什么?

以上问题的答案将指引推进精益六西格玛的企业从推行中获取最大利益。

三 持续推行精益六西格玛管理的基本流程

在持续推进精益六西格玛环节中，企业需要从项目成果的跟踪与推广、持续扩展、推行效果总体评估、将精益六西格玛融入日常管理等方面着手，展开如图 9-1 所示。

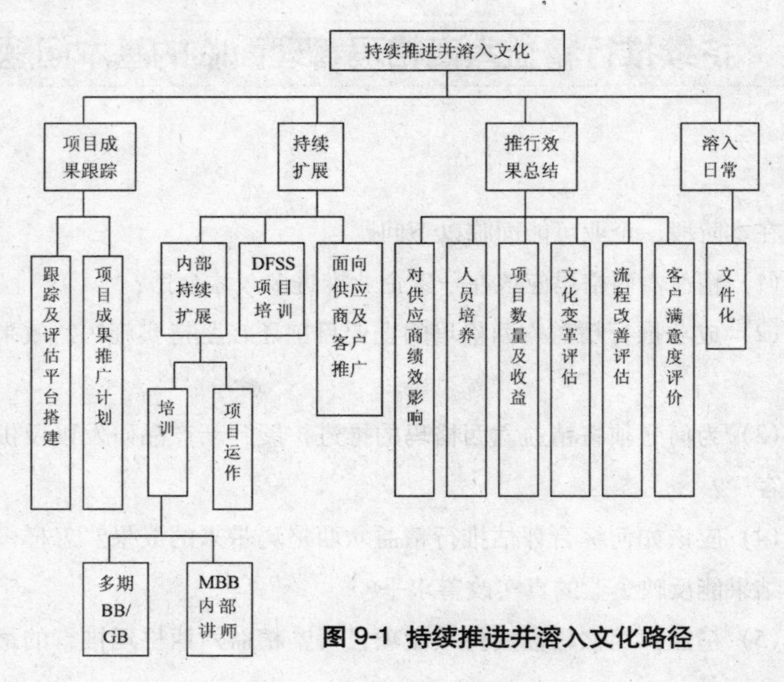

图 9-1 持续推进并溶入文化路径

持续推进精益六西格玛并逐步将其溶入日常管理是精益六西格玛推进中非常重要的环节，它直接决定着精益六西格玛是一阵风吹过还是扎根于一个企业。持续推进环节首先要做的事是项目成果推广，就是将在项目中发现的规律、找到的解决方案通过分析归纳，直接或间接地推广至相同或类似的流程，使项目成果扩大化，这种做法如力量倍增器，可以起到事半功倍的神奇效果。本环节要做的第二件事是要建立一个平台，对完成项目的成果保持和扩展状况进行动态监控与跟踪，包括建立专、兼职小组，制订监控、跟踪程序等，有效的跟踪平台可以确保及时发现导致成果流失的异常因素，并采取行动预以消除，从而保持项目成果。

只有保持是不够的，为使精益六西格玛发挥最大的效力，必须持续实施人员培养和项目运作，并将精益六西格玛扩展至公司供应商和客户处，使整个供应链上的各环节受益。内部扩展包括多期的人员培养和持续的项目运作。特别强调的是从二、三期开始，要考虑培养内部讲师，以便使企业自身具有“造血”功能，使精益六西格玛的推广能自主化和长期化。在运行多期改善类项目后，要将着眼点前移至新产品导入上。实施 DFSS 项目的好处是可以从源头上消除缺陷并降低成本，保证产品的稳健性。在企业自身通过精益六西格玛获取利益后，可考虑帮助供应商、客户导入精益六西格玛的理念和方法，帮助供应商、客户提高绩效等于帮助自己提升绩效，从而达到多赢。

推行精益六西格玛一段时间后，要定期（比如每半年一次）评估推行效果，以便及时发现、纠正问题。评估必须是多维度的，应包含人员培养、项目数量及收益、文化变革、流程改善、供应商绩效、客户满意度等。科学的评估可以准确了解推进精益六西格玛的成果及不足，有利于持续改进。

最后要做的是将精益六西格玛溶入日常管理中，使其变为员工的日常思维和行为的习惯，这是精益六西格玛推行的最高境界。

四 中国企业在持续推行精益六西格玛管理过程的选择

前文已多次提到，能够敏锐捕捉到精益六西格玛的企业家绝对是有前瞻眼光和广阔视野的企业家，能够率先在企业中实施精益六西格玛的企业绝对是卓越的企业。就我长期的咨询实践所见闻的，几乎所有推行精益六西格玛的企业，开始都抱着一颗必胜的心。正如他们所愿，在推行一期项目的过程中，尽管会遇到比如技术层面、管理层面和企业文化层面的各种障碍和问题，大多数企业从一期项目的推行中得到了满意的收益。这些收益包括人员关于解决问题量化、系统思想的建立、团队意识的确立、先进工具的掌握、尤其是解决了某个长期困扰企业的重大问题后的自豪和成就感等。这和学习以及项目推进初期的困惑不解、悲观担心形成鲜明对比。企业领导和咨询师的成就感也会因此而由然而生。

这种变化和肯定也是支持有志于精益六西格玛推广的人士的后盾。我去年的一个大客户，在一期项目推行时为了保证精益六西格玛的星火在企业集团中能够燎原，培养了200多名BB和GB。在培养初期，由于精益六西格玛知识结构固有的复杂性与学员个体间接受能力的差异，很多学员抱怨吃不消、消化不了。我清楚地记得有个四十多岁的女学员，在培训间隙找到我，说什么也要退出BB学习队伍，宁愿受罚，因为她实在难以理解所学内容。我劝她说这是BB学习过程的正常现象，学习精益六西格玛就像爬山，现在正是最陡的时候，咬紧牙坚持一阵，过了这段陡坡，余下的路就好走了。她听信了我的话，坚持了下来。项目结题评审时，她的项目获得了优秀。“想来实在难以置信，不知那段路是怎么走下来的，现在回头看过去，觉得很值得。”在座谈交流时，她说。据推进办负责人的调查结果，没有一个BB/GB认为精益六西格玛的学习是白学了，对自己帮助不大。都认为通过半年的学习和项目运作，思想受到很大的冲击，懂得如何系统地分析和看待以前觉得无法解决的问题了。

在咨询实践中，我也发现了一个有趣的现象。推行一期精益六西格玛很优秀且取得很大成功的企业，在后续的推行中，往往存在比较明显的差异。实际上，大部分企业能够坚持持续做下去，但关注度和推行效果会逐步减弱；另有部分企业只做一期项目，就开始关注更新出现的管理方法、工具去了。只有一小部分企业能够二、三、四期的一直做下去，且在后期培养新人时，前期的BB/GB继续做项目。这种客观存在的现实着实令人遗憾。它相当于企业费尽心思引种了一棵优质树种，在千辛万苦等它发芽、长大、开花、结果，摘了一次果子后，却扔下大树，任其自生自灭，又去找别的树种了。

我一直在关注和思考这种现象背后的原因。在2004年，一家在东莞的著名跨国公司的中国分公司，请我去帮他们诊断一下公司的精益六西格玛推行到底哪个环节出问题了。该公司的精益六西格玛推行成果在业界有口皆碑，而且在本部有40多位专门研究六西格玛的MBB，怎么会出问题，问题又出在哪里了呢？经过该企业与其推行部门的负责人交流，才了解到该企业推行六西格玛已有三年有余。在推进初期，大家踊跃参加，项目做得好，收益也大。但随着持续按部就班的项目推进，大家不那么积极了，参与热情、项目质量都降低了，他们百思不得其解。曾经请了一位美国的六西格玛专家来厂进行诊断解决，未果。于是想请个中国人来把把脉，看能否找到问题根源。我仔细了解了该企业推进精益六西格玛的历史，看了整体推进规划，与BB及相关人员做了交流，最后发现问题出在该企业的精益六西格玛推进过程中。该企业一直沿用其在国外分公司的推进模式，而这种模式在中国的分公司是不适合的。因为中国人的传统、习惯与国外存在差异，所以完全照搬本国子公司的六西格玛推进模式遇到问题是必然的。经过调研和讨论，我针对该企业调研结果写了一篇名为“六西格玛的中国之路”的论文，在该企业进行了专题演讲，对该企业在六西格玛持续推进中的纠偏作了帮助。在中国企业中，无法持续推行精益六西格玛的原因，除了推行方式的偏差外，还有定位、激励、制度建设、导向、企业文化等方面的问题。这些在别的章节都有论述。

一些推进精益六西格玛的企业，项目做得挺不错，尤其在选择项目、组建团队、测量现状、分析原因和方案改善阶段，几乎无懈可击。但在解决方案的推广方面做得就不那么好了。这是令人费解的，如果把做项目付出的努力和得到的回报从价值工程的角度来看，选项至改善阶段的回报投入比如果等于1，那么成果推广的回报投入比就达10以上。很多推进企业在二、三期项目中重复出现与一期类似的项目，或者在一个集团公司中不同的子公司选择多个同类题目。我曾亲眼见到一家集团公司在推行精益六西格玛时，下面的八家子公司同时选中了一个叫“降低工厂单位万元产值水、电、气能耗”的项目。与他们交流，询问原因，答曰：这是各公司独立选题，独立做项目，相互之间未做过项目交流与沟通。我问如果一个分公司做这个项目，做完后在别的分公司推广。其余七个分公司分别选不同的项目，同样在各公司推广，是否会更好。陪同我的集团公司推进人员抓了抓脑袋说：“是呀，怎么就没有想到这一点呢”？这里面至少说明两个问题：

一是分公司项目组间没有作交流，二是集团精益六西格玛推进办公室未作统筹规划。这是分公司间水平开展项目时常见的问题，至于同一家公司在不同的阶段（比如一期与二期项目）选择实施类似的项目，除了推进办公室的协调与努力不足外，可能存在后期项目组成员畏难和走捷径的心理。

除了项目成果推广方面外，项目跟踪与评估平台的搭建对于保持项目既得成果是十分必要的。推进精益六西格玛的企业在这方面做得如何呢？根据我的经验，这与该企业的管理基础及风格有密切关系，在一些管理严谨、变革历史良好的企业，自然会考虑项目的跟踪，为什么，六西格玛项目收益计算的是预期收益（项目完成后一年期内），也就是说，结题评审时的项目财务收益是在项目改善方案实施、稳定运行三个月后计算平均收益，并按此推算的未来一年的收益。公司以收益作为项目团队兑现奖励的基准。如果项目结束时皆大欢喜，项目组拿到该得的奖励，就与这个项目无关了，公司也无进行跟进观察的进一步计划。很可能由于种种原因，改善的成果会逐渐流失，流程绩效又滑回到改善前的状态，那么项目组成员及所有相关人员的心血就会白费。这在推行企业中是常见的事，主要发生在那些管理风格不够严谨，关注点游移不定，甚至朝令夕改的企业。

在内部讲师和MBB的培养方面，中国企业间存在着明显差异，成本意识强的企业，（如大多数民营企业），在培养内部讲师方面多显得急功近利，我们去年辅导过的一家民营企业，在我们辅导下做了一期项目，很成功，老板在总结大会上评价说成果远超出他的预期，还要持续推行，并要把六西格玛当作一项重要工作来抓。今年他们自己在做，一期BB成员轮流充当老师，在内部培养黑带和绿带。我建议他们：学员项目做得是不错，但对六西格玛的理解、经验、解决问题的能力等方面还有很大提高空间，不可为了节约成本而拔苗助长。推行六西格玛毕竟是大事，当心误导了后来的学员。他们并未采纳我的建议。半年过去了，我正在一家客户处指导项目时，接到了这家公司推进负责人张女士的电话："救救我们吧，张老师，我们的项目推行不下去了。黑带在讲台上发言，学员根本听不懂，遇到问题时没人能指引明确的方向。看来我们当初的策略有问题，太急了点。""那你公司的意思是……？"我问。"请你继续帮我们做培训和辅导，再帮我们专门挑选和培养几名内部讲师。"与之相反的另一极端现象是，有些企业过度依赖外援，从未考虑培养自己的内部讲师，往往四、五期项目以后，还依靠咨询机构在培训和指导。一旦咨询人员离开，六西格玛推进便被迫终止推进。

真正聪明的公司既深知六西格玛推进的难度，又明白企业自身造血能力的培养对企业的重要性，在请咨询机构推行一期项目后，在二期项目中便要求咨询机构代为培养内部讲师、专职黑带。在二、三期项目中，被培养对象要参与简单的培训和项目辅导，经过一至两期的培养和实践，内部讲师逐步成长起来，这时的企业才真正具备了造血功能（在六西格玛推进方面）。

推进精益六西格玛的企业，在实施二至三期改善项目后，一般自然会过渡到两个源头——新产品开发和供应商、客户的项目。现实是在国内推行精益六西格玛并能坚持下来的企业中，实际实施 DFSS 项目的企业不到十分之一。究其原因，一方面是 DFSS 方法论不像改善类项目那样已发展成熟，有一套完整的方法与工具。DFSS 的突破性改善路径虽然在国外一些企业有出现，项目也做了一些，但目前还没有那一种方法论能够一统江湖，关于 DFSS 在企业实际实施成功的例子也很少。另一方面是改善类项目有经典的软件支持，Minitab、JMP 等已得到推广。软件的支持极大地降低了项目数据分析的门槛，使大量企业实施改善项目成为可能，而 DFSS 目前还未出现专门的软件，当然这和DFSS还未有一套经大家认可的路径是有关联的。我们经过潜心研究，研发了一套具有普遍适用性的DFSS突破路径，通过在数家不同行业的客户处实施DFSS项目，取得实质性成功。这对DFSS在中国企业的推广也许有借鉴意义。

中国企业对供应商管理的重视是有历史的，但真正将供应商视做“同一根绳子的蚂蚱”并有步骤的帮助供应商实质性提高业绩只是近几年的事。最先出现在产品更新换代特点快的电子、通讯设备、家用数码产品行业，两三个月甚至一个月的产品换代速度逼迫终端产品生产企业和供应链上游的各厂家必须有更快的市场响应速度，更稳定的品质和比竞争对手更低的成本。这时，一家企业的成功已不重要，而要供应链上的所有链条都运转自如。如何保证供应链的各个链条都高速自如运转呢？自然是进行联合质量、联合成本管理。比较聪明的管理好的企业，变相到将精益六西格玛推广至核心供应商。

就我近十年推广精益六西格玛的经验，发现推行精益六西格玛的企业很多，但真正定期对推行效果进行系统总结和评估，并提出改善、纠偏措施的企业却凤毛麟角。推行一件新事物时，大肆宣传、鼓吹，而到最后，领导的眼球又被新事物吸引，往往旧的事物就会慢慢淡出人们的视线，直至完全消失。在外资企业，情况要好很多，老板认为推行精益六西格玛是投资，而投资是要有回报的，精益六西格玛推行给企业带来的软的、硬的收益究竟是哪些方面，有多少，老板是要追究的。所以，在推行精益六西格玛的外企，多半要见到系统的、精细的、全面的精益六西格玛推行效果总结报告。

能将精益六西格玛融入日常管理，那是非常高的境界了。这里指的是不知不觉间把精益六西格玛的思想、灵魂从企业各层员工的言行中流露出来。可别小看这个，这绝对是功力深厚的表现，装不出来的。想起前两天看的一个电视节目，主持人回忆他儿时的一个伙伴，痴迷武侠，上课时也是武侠小说不离手，一次正看到引人入胜处，被老师发现，扔了只粉笔头过来，正中眉心，此君一个激灵，大叫一声："是哪个孙子施放的暗器？"此语一出，满堂皆惊。这小子对武侠的神往与痴迷已达一定境界，故身不由己。推行精益六西格玛如达此等境界，自然完全有资格挂上"精益六西格玛企业"的头衔，可惜在中国企业中尚无一家能享此殊荣。

五　中国企业持续推行精益六西格玛管理存在的偏差

企业推行精益六西格玛的目的是获得利益。从投资回报的角度看精益六西格玛的推进过程，会发现在推进的初级阶段，投资回报相对较低，而随着推进的展开和深入，精益六西格玛的投资回报会迅速提高。由于早期处于从无到有，播种和萌芽阶段，需要大量的投入，面临较大的风险。等到种子长成大树，开始开花结果了，则通过日常养护，就可以收获大量的果实。遗憾的是企业往往非常重视精益六西格玛导入过程，又是宣誓又是宣传，动静闹的很大。等到新奇劲过去了，项目的推进取得阶段性成果了，本应是持续推进、扩大战果的时候，不少企业却在这时候松懈了，典型的虎头蛇尾。在一般人看来，艰苦复杂的导入和推进过程都成功地走过来了，持续深入推行、扩大战果不是顺理成章的事吗？但事实恰恰相反，那么在持续推进中的问题主要表现在哪些方面呢？

有四个方面的因素影响精益六西格玛持续推进——项目成果推广和跟踪、持续扩展项目、推行效果总结评估和融入日常管理。这四大因素中，项目成果的推广和跟踪在推进企业中相对会做得比较好，出现问题也比较容易纠正。我们在帮助企业做精益六西格玛项目咨询服务过程中，会预先提醒客户进行项目成果跟踪推广方面的准备工作，也会指导他们具体的操作方法。持续展开项目运作方面，是许多推行精益六西格玛企业容易出偏差的地方。罗马不是一天建成的，企业推行精益六西格玛，也很难通过实施一期项目就一跃成为“精益六西格玛企业”。所以，有计划、有步骤地将精益六西格玛在企业内部扩展，并向两个源头——新品研发和供应商扩展；同时培养企业内部讲师，使自身逐渐具备造血能力，是推行精益六西格玛企业必须思考和规划的。在精益六西格玛的推行过程中，虽然有这样那样的报告和总结，但事实上很少企业冷静审视精益六西格玛的推行过程，定期系统地进行推行效果评价。而系统全面的评估对于精益六西格玛的持续成功推行存在很大影响。在将精益六西格玛的理念、方法融入日常管理方面，目前大多数中国企业处于精益六西格玛推行的初级阶段，培养的黑带、绿带种子有限，大多数推行企业主要是依靠黑带、绿带做改善项目，其余人员参与的并不够，至于使精益六西格玛的工具、理念成为企业共同的习惯，尚需假以时日。

六 中国企业的特点、背景分析

海尔CEO张瑞敏说过："什么叫不简单，就是把简单的事一千次、一万次地做好；什么叫不容易，就是把极容易的事，每一次都做到同样好。"这一点我在一家著名韩国公司的一次演讲时感受极深，要准备两台投影仪，一台播放他们事先翻译成韩文的PPT，另一台播放中文PPT演讲稿，一切准备妥当，只等开始了。韩方的一位MBB跑过来，要将两台电脑并在一起，将60多页的PPT一页一页对过去，一边对一边用笔记录，说是怕万一弄错，演讲时会出问题。其他我们刚才已经看了，两个PPT的页码完全相同，都是65页，有必要再这样一页页对吗，看着他认真的样子，我们都在心里想：这个人有点傻，这还用核对吗？再说，让文员核对一下不就行了，何必亲自来核对。事后仔细一想，正是拥有大批做事较真到看起来有点傻的人，才造就了今天这家世界级的品牌。在推进精益六西格玛过程中，需要的同样是处处较真而非不求甚解，学会了较真，把包括持续推进在内的每件事做到位，精益六西格玛就自然变成习惯。

七 建议与忠告

◎ 精益六西格玛项目完成了，黑带的工作只完成了一半，项目成果推广完成了，黑带的工作就完成了90%。

◎ 只在企业推行一期精益六西格玛，再无下文的企业，很快会将通过精益六西格玛得到的所有原封不动地送还精益六西格玛，包括项目收益与精益六西格玛带来的人员思想的变化。

◎ 在做二期项目时就着手选拔和培养自己的内部讲师，企业得靠他来“造血”。

◎ 在成功推行多期项目后，必须考核将精益六西格玛推广至两个源头——新产品研发和核心供应商。

◎ 把企业比做战车的话，定期的推行效果总结评估就是车的仪表板。精益六西格玛在驱动企业这部战车前行时，会即时指示车的行驶状况和潜在的问题。

◎ 如果一家工厂的清洁工都知道精益六西格玛，知道它的基本含义，知道精益六西格玛可以帮自己的工作做哪些改进，这家工厂就是优秀的精益企业了。